Paru dans Le Livre de Poche :

SIMENON

La Folle de Maigret

PRESSES DE LA CITÉ

1

L'agent Picot se tenait en faction du côté gauche du portail, Quai des Orfèvres, tandis que son camarade Latuile se tenait du côté droit. Il était environ dix heures du matin. On était en mai ; le soleil était vibrant et Paris avait des couleurs pastel.

A certain moment, Picot la remarqua, mais il n'y attacha pas d'importance : une petite vieille toute menue qui portait un chapeau blanc, des gants de fil blanc, une robe gris fer. Elle avait les jambes très maigres, un peu arquées par l'âge.

Avait-elle un cabas à provisions à la main ou un sac ? Il ne s'en souvenait plus. Il ne l'avait pas vue arriver. Elle était arrêtée sur le trottoir, à quelques pas de lui, et regardait dans la cour de la P.J. les petites voitures qui y étaient rangées.

Il y a souvent des curieux, surtout des touristes, qui viennent ainsi jeter un coup d'œil au Quai des Orfèvres. Elle s'avança jusqu'à la porte, regarda l'agent des pieds à la tête puis fit demi-tour et se dirigea vers le Pont-Neuf.

Le lendemain, Picot était à nouveau en faction et, vers la même heure que la veille, il la

revit. Cette fois, après avoir hésité assez longtemps, elle s'approcha de lui et lui adressa la
parole.

— C'est bien ici que le commissaire Maigret a son bureau, n'est-ce pas ?

— Oui, madame. Au premier étage.

Elle leva la tête et regarda les fenêtres. Elle
avait des traits très fins, très joliment dessi-
nés, et ses yeux gris clair semblaient avoir
toujours une expression d'étonnement.

— Merci, monsieur l'agent.

Elle s'en allait, trottant menu, et c'était bien
un filet à provisions qu'elle avait à la main, ce
qui laissait supposer qu'elle était du quartier.

Le jour suivant, Picot était en congé. Son
remplaçant ne s'occupa pas de cette petite
vieille qui se faufilait dans la cour. Elle y rôda
un moment avant de franchir la porte de gauche et de s'engager dans la cage d'escalier. Au
premier étage, le long couloir l'impressionna
et elle parut un peu perdue. Le vieux Joseph,
l'appariteur, s'approcha d'elle et lui demanda
aimablement :

— Vous cherchez quelque chose ?

— Le bureau du commissaire Maigret.

— Vous désirez parler au commissaire ?

— Oui. Je suis venue pour ça.

— Vous avez une convocation ?

Elle fit non de la tête, l'air navré.

— Il faut une convocation ?

— Vous voulez lui laisser un message ?

— Je dois lui parler personnellement. C'est
de toute première importance.

— Remplissez cette fiche et je verrai si le
commissaire peut vous recevoir.

Elle s'assit devant la table couverte d'un tapis vert. Une assez forte odeur de peinture régnait dans les locaux qui venaient d'être remis à neuf. Elle ne le savait pas et elle trouvait que, pour une administration, l'atmosphère était plutôt gaie.

Elle déchira une première fiche. Elle écrivait lentement, en pesant chaque mot, et elle soulignait certains d'entre eux. La seconde fiche alla au panier aussi, puis la troisième, et ce ne fut qu'à la quatrième qu'elle parut satisfaite et qu'elle se dirigea vers le vieux Joseph.

— Vous allez la lui remettre en main propre, n'est-ce pas ?

— Oui, madame.

— Je suppose qu'il est très occupé ?

— Très.

— Vous pensez qu'il va me recevoir ?

— Je ne sais pas, madame.

Elle avait plus de quatre-vingts ans, peut-être quatre-vingt-six ou quatre-vingt-sept, et elle ne devait guère peser plus qu'une gamine. Son corps s'était comme épuré avec le temps et elle avait la peau diaphane. Elle souriait avec timidité, comme pour séduire le brave Joseph.

— Faites ce que vous pourrez, voulez-vous ? C'est tellement important pour moi !

— Asseyez-vous, madame.

Et il se dirigea vers une des portes, à laquelle il frappa. Maigret était en conférence avec Janvier et Lapointe qui, tous les deux, se tenaient debout, et les bruits du dehors pénétraient librement par la fenêtre grande ouverte.

Maigret prit la fiche, y jeta un coup d'œil, fronça les sourcils.

— Comment est-elle ?

— Une vieille dame très convenable, un peu timide. Elle m'a demandé d'insister pour que vous la receviez.

Sur le pointillé de la première ligne, elle avait écrit son nom d'une écriture assez ferme et régulière :

Mme Antoine de Caramé

Comme adresse, elle avait inscrit :

8 bis, quai de la Mégisserie

Enfin, comme raison de sa visite, elle donnait :

Désire faire au commissaire Maigret une communication de la plus haute importance. C'est une question de vie ou de mort.

L'écriture était déjà plus tremblée et les lignes n'étaient plus aussi droites. Des mots étaient soulignés. Le mot *commissaire*, d'abord. Puis les mots *haute importance*. Quant à la *question de vie ou de mort*, elle l'avait soulignée deux fois.

— C'est une folle ? grommela Maigret en tirant sur sa pipe.

— Elle n'en a pas l'air. Elle est très calme.

Ils avaient l'habitude, Quai des Orfèvres, des lettres de fous ou de demi-fous. Presque toujours elles comportaient un certain nombre de mots soulignés.

— Tu veux la recevoir, Lapointe ? Sinon, nous l'aurons ici tous les matins.

Quelques instants plus tard, on introduisait la vieille femme dans le petit bureau du fond. Lapointe s'y trouvait seul, près de la fenêtre.

— Entrez, madame. Prenez la peine de vous asseoir.

Le regardant curieusement, elle questionna :

— Vous êtes son fils ?

— Le fils de qui ?

— Du commissaire.

— Non, madame. Je suis l'inspecteur Lapointe.

— Mais vous n'êtes qu'un gamin !

— J'ai vingt-sept ans.

C'était vrai mais c'était vrai aussi qu'il en paraissait vingt-deux et qu'on le prenait plus souvent pour un étudiant que pour un policier.

— C'est le commissaire Maigret que j'ai demandé à voir.

— Il est malheureusement trop occupé pour vous recevoir.

Elle hésitait, tripotait un sac à main blanc et ne se décidait pas à s'asseoir.

— Et si je revenais demain ?

— Ce serait la même chose.

— Le commissaire Maigret ne reçoit jamais personne ?

— Seulement dans des cas d'une importance particulière.

— Mon cas est justement d'une importance particulière. C'est une question de vie ou de mort.

— Vous l'avez écrit sur votre fiche.

— Alors ?

— Si vous voulez me dire de quoi il s'agit, j'en ferai part au commissaire et il jugera.

— Il me verra peut-être ?

— Je ne puis rien vous promettre, mais ce n'est pas impossible.

Elle parut peser longuement le pour et le contre et elle se décida enfin à s'asseoir au bord d'une chaise, face à Lapointe qui avait pris place derrière le bureau.

— De quoi s'agit-il ?

— Il faut d'abord que vous sachiez que j'habite le même appartement depuis quarante-deux ans, quai de la Mégisserie. Au rez-de-chaussée, c'est un marchand d'oiseaux et, l'été, quand il met les cages sur le trottoir, je les entends toute la journée. Cela me tient compagnie.

— Vous parliez d'un danger.

— Je cours certainement un danger, mais vous allez penser que je radote. Les jeunes ont tendance à croire que les vieilles gens n'ont plus leur tête à eux.

— Cette idée ne m'est pas venue.

— Je ne sais pas comment vous expliquer. Depuis la mort de mon second mari, il y a douze ans, je vis seule et personne n'entre jamais dans mon appartement. Il est devenu trop grand pour moi seule, mais je tiens à le garder jusqu'à ma mort. J'ai quatre-vingt-six ans et je n'ai besoin de personne pour faire la cuisine et le ménage.

— Vous avez un animal ? Un chien, un chat ?

— Non. Je vous ai déjà dit que j'entendais chanter tous les oiseaux du rez-de-chaussée, car je suis au premier étage.

— De quoi vous plaignez-vous ?

— C'est difficile à dire. Voilà cinq fois pour le moins, en deux semaines, que des objets changent de place.

— Que voulez-vous dire ? Vous ne les retrouvez pas, en rentrant, à l'endroit où ils se trouvaient au moment de votre départ ?

— C'est cela. Un cadre, au mur, est un peu de travers, ou bien un vase n'est pas tourné dans la même direction.

— Vous êtes sûre de vos souvenirs ?

— Vous voyez ! Parce que je suis une personne âgée, vous voilà déjà qui doutez de ma mémoire. Je vous ai cependant dit que j'habite le même appartement depuis quarante-deux ans. Je sais donc avec exactitude où les choses se trouvent.

— On ne vous a rien volé ? Rien n'a disparu ?

— Non, monsieur l'inspecteur.

— Vous gardez de l'argent chez vous ?

— Très peu. Juste ce qu'il me faut pour vivre pendant un mois. Mon premier mari travaillait à l'Hôtel de Ville et m'a laissé une pension que je touche régulièrement. En outre, j'ai des économies à la caisse d'épargne.

— Vous possédez des objets de valeur, des tableaux, des bibelots, que sais-je ?

— Il y a des choses auxquelles je tiens mais elles n'ont pas nécessairement de valeur marchande.

— Votre visiteur ou votre visiteuse ne laisse pas de traces ? Un jour de pluie, par exemple, il pourrait laisser des traces de pas.

— Il n'a pas plu depuis dix jours.

— Des cendres de cigarette ?

— Non.

— Quelqu'un possède-t-il la clé de votre appartement ?

— Non. J'ai dans mon sac la seule clé qui existe.

Il la regardait, embarrassé.

— En somme, vous vous plaignez seulement que des objets, chez vous, changent légèrement de place ?

— C'est cela.

— Vous n'avez jamais surpris personne ?

— Jamais.

— Et vous n'avez aucune idée de qui cela peut être ?

— Aucune.

— Vous avez des enfants ?

— Malheureusement, je n'en ai jamais eu.

— De la famille ?

— Une nièce, qui est masseuse, mais je la vois rarement, bien qu'elle habite juste de l'autre côté de la Seine.

— Des amis ? Des amies ?

— La plupart des gens que je connaissais sont morts. Ce n'est pas tout.

Elle parlait normalement, sans excitation, et son regard était ferme.

— On me suit.

— Vous voulez dire qu'on vous suit dans la rue ?

— Oui.

12

— Vous avez vu la personne qui vous suit de la sorte ?

— J'en ai vu plusieurs, en me retournant brusquement, mais je ne sais pas de laquelle il s'agit.

— Vous êtes souvent hors de chez vous ?

— D'abord le matin. Vers huit heures, je vais faire mon marché dans le quartier. Je regrette bien que les Halles n'existent plus, car c'était à deux pas et j'y avais mes habitudes. Depuis, j'ai essayé différents commerçants. Ce n'est plus la même chose.

— La personne qui vous suit est un homme ?

— Je ne sais pas.

— Je suppose que vous rentrez vers dix heures du matin ?

— A peu près. Je m'assieds près de la fenêtre et j'épluche mes légumes.

— Vous restez chez vous l'après-midi ?

— Seulement quand il pleut ou quand il fait froid. Autrement, je vais m'asseoir sur un banc, presque toujours au jardin des Tuileries. Je ne suis pas la seule à avoir adopté un banc. Il y a des gens, plus ou moins de mon âge, que je retrouve depuis des années à la même place.

— Et on vous suit aux Tuileries ?

— On me suit quand je sors de chez moi, comme si on voulait s'assurer que je n'allais pas revenir tout de suite.

— Cela vous est arrivé de le faire ?

— Trois fois. Comme si j'avais oublié quelque chose, je suis remontée dans mon appartement.

— Il n'y avait personne, bien entendu.

— Il n'empêche que, d'autres fois, des objets ont bougé. Quelqu'un m'en veut, je ne sais pourquoi, car je n'ai jamais fait de mal à personne. Ils sont peut-être plusieurs.

— Que faisait votre mari à l'Hôtel de Ville ?

— Mon premier mari était chef de bureau. Il avait beaucoup de responsabilités. Il est malheureusement mort jeune, à quarante-cinq ans, d'une crise cardiaque.

— Vous vous êtes remariée ?

— Près de dix ans plus tard. Mon second mari était premier vendeur au Bazar de l'Hôtel de Ville. C'est lui qui s'occupait des instruments agricoles et en général du petit outillage.

— Il est mort aussi ?

— Il y avait longtemps qu'il était à la retraite. S'il vivait encore, il aurait quatre-vingt-douze ans.

— Depuis quand est-il mort ?

— Je croyais vous l'avoir dit : douze ans.

— Il n'a pas laissé de famille ? Il était veuf, quand vous l'avez épousé ?

— Il n'avait qu'un fils, qui vit au Venezuela...

— Ecoutez, madame, je ferai part au commissaire de ce que vous venez de me dire.

— Et vous croyez qu'il me recevra ?

— S'il décide de vous voir, il vous enverra une convocation.

— Vous avez mon adresse ?

— Elle figure sur votre fiche, n'est-ce pas ?

— C'est vrai. Je n'y pensais plus. Voyez-vous, j'ai tellement confiance en lui ! Il me semble qu'il est le seul à pouvoir comprendre. Je ne dis pas cela pour vous vexer, mais je vous trouve quand même un peu jeune.

Il la reconduisait vers la porte puis, le long du couloir, jusqu'au large escalier.

Quand il entra chez Maigret, Janvier n'y était plus.

— Alors ?

— Je crois que vous aviez raison, patron. C'est une folle. Mais une folle tranquille, très calme, très maîtresse d'elle-même. Elle a quatre-vingt-six ans et je souhaite d'être aussi vigoureux qu'elle à son âge.

— Quel est le fameux danger qu'elle court ?

— Elle habite depuis plus de quarante ans le même appartement quai de la Mégisserie. Elle a été mariée deux fois. Elle prétend que, quand elle s'absente, des objets changent de place.

Maigret rallumait sa pipe.

— Quels objets, par exemple ?

— Elle retrouve des cadres de travers, des potiches qui ne sont plus orientées de la même façon...

— Elle n'a pas de chat, de chien ?

— Non. Elle se contente d'écouter le chant des oiseaux du rez-de-chaussée.

— Rien d'autre ?

— Si. Elle est persuadée qu'on la suit dans la rue.

— Elle a repéré quelqu'un ?

— Non, justement, mais c'est chez elle une idée fixe.

— Elle doit revenir ?

— Elle tient à vous voir personnellement.

Elle parle de vous comme du Bon Dieu et il paraît que vous êtes le seul à pouvoir comprendre. Qu'est-ce que je fais ?

— Rien.

— Elle reviendra.

— On verra alors. A tout hasard, tu pourrais aller questionner la concierge.

Maigret se replongea dans le dossier qu'il était occupé à étudier tandis que le jeune Lapointe retournait dans le bureau des inspecteurs.

— C'est bien une folle ? lui demanda Janvier.

— C'est probable, mais pas une folle comme les autres.

— Tu connais beaucoup de folles ?

— Une de mes tantes est dans un hôpital psychiatrique.

— On dirait que cette vieille t'a impressionné.

— Peut-être un peu. Elle me regardait comme si j'étais un gamin incapable de comprendre. Elle ne compte que sur Maigret.

L'après-midi, Lapointe passa quai de la Mégisserie où dans la plupart des boutiques on vendait des oiseaux et autres petits animaux. Par ce temps radieux, les cafés avaient installé leur terrasse, et, en levant la tête, Lapointe constata que les fenêtres du premier étage étaient ouvertes. Il eut de la peine à trouver la loge, qui se trouvait au fond d'une cour. La concierge, dans une tache de soleil, était occupée à ravauder des chaussettes d'homme.

— C'est pour qui ?

Il lui montra sa carte de la P.J.

— Je voudrais que vous me disiez ce que vous savez sur Mme Antoine de Caramé. C'est bien son nom ? Une vieille personne qui habite le premier étage.

— Je sais. Je sais. En réalité, Antoine est le nom de famille de son second mari et elle est donc officiellement Mme Antoine. Comme elle est très fière de son premier mari, qui occupait un poste important à l'Hôtel de Ville, elle se fait appeler Mme Antoine de Caramé.

— Comment se comporte-t-elle ?

— Que voulez-vous dire ?

— Elle n'est pas un peu bizarre ?

— Je me demande pourquoi, tout à coup, la police s'occupe d'elle.

— C'est elle qui nous l'a demandé.

— De quoi a-t-elle à se plaindre ?

— Il paraît qu'en son absence des objets changent de place dans son appartement. Elle ne vous en a pas parlé ?

— Elle m'a seulement demandé si je ne voyais pas des gens étranges monter chez elle. Je lui ai répondu que non. D'ailleurs, d'ici, je ne vois pas qui entre et qui sort. L'escalier se trouve dans l'allée.

— Elle reçoit des visites ?

— Sa nièce, une fois ou deux par mois. Et encore, il lui arrive de rester trois mois sans venir.

— Elle se comporte comme tout le monde ?

— Comme toutes les vieilles femmes qui vivent seules. C'est une personne qui a reçu

17

une bonne éducation et qui est polie avec tout le monde.

— Elle est chez elle en ce moment ?

— Non. Elle profite du moindre rayon de soleil et elle doit être assise sur son banc des Tuileries.

— Il lui arrive de bavarder avec vous ?

— Quelques mots, en passant. Elle me demande surtout des nouvelles de mon mari qui est à l'hôpital.

— Je vous remercie.

— Je suppose que je ne dois pas lui parler de votre visite ?

— Cela n'a aucune importance.

— En tout cas, pour être folle, je ne pense pas qu'elle le soit. Elle a ses manies, comme tous les vieillards, mais pas plus que les autres.

— Je reviendrai peut-être vous voir.

Maigret était d'humeur enjouée. Il y avait dix jours qu'il n'était pas tombé une goutte d'eau, que la brise était légère, le ciel bleu pâle et, par ce mois de mai idéal, Paris avait les couleurs d'un décor d'opérette.

Il s'attarda un peu à son bureau, à revoir un rapport qui traînait depuis longtemps et dont il avait envie de se débarrasser. Il entendait passer les autos, les autobus et, de temps en temps, résonnait la sirène d'un remorqueur.

Il était près de sept heures quand il ouvrit la porte du bureau voisin où Lucas était de garde avec deux ou trois autres inspecteurs et il leur souhaita la bonne nuit.

En descendant l'escalier, il se demandait s'il

passerait par la Brasserie Dauphine pour y prendre l'apéritif et il n'avait encore rien décidé au moment où il franchissait le portail flanqué de deux sergents de ville qui le saluèrent.

En fin de compte, il préféra rentrer chez lui directement et il avait fait quelques pas vers le boulevard du Palais quand une silhouette menue surgit devant lui, qu'il reconnut tout de suite d'après la description que Lapointe lui en avait faite.

— C'est vous, n'est-ce pas ? prononçait-elle avec ferveur.

Elle ne disait même pas son nom. Il ne pouvait s'agir que de lui, le fameux commissaire dont elle suivait toutes les enquêtes dans les journaux. Elle découpait même les articles, qu'elle collait dans des cahiers.

— Je vous demande pardon de vous accoster dans la rue mais, là-haut, ils ne me laissent pas passer.

Maigret se sentait un peu ridicule et il imaginait le regard narquois des deux plantons, derrière lui.

— Remarquez que je les comprends. Je ne leur en veux pas. Il faut bien qu'on vous laisse travailler, n'est-ce pas ?

Ce qui frappait le plus le commissaire c'étaient les yeux gris clair, d'un gris délavé, très doux et pétillants tout ensemble. Elle lui souriait. On la sentait aux anges. Mais on sentait aussi, dans ce corps menu, une énergie extraordinaire.

— De quel côté allez-vous ?

Il montra la direction du pont Saint-Michel.

— Cela ne vous ennuie pas que je marche avec vous jusque-là ?

Elle trottinait à son côté et paraissait encore plus petite.

— Le principal, voyez-vous, c'est que vous sachiez que je ne suis pas folle. Je sais comment les jeunes voient les vieilles gens et je suis une très vieille femme.

— Vous avez quatre-vingt-six ans, n'est-ce pas ?

— Je vois que le jeune homme qui m'a reçue vous a parlé de moi. Il est bien jeune pour le métier qu'il fait, mais il est très bien élevé et très poli.

— Il y a longtemps que vous m'attendez sur le quai ?

— Depuis six heures moins cinq. Je me disais que vous quittiez le bureau à six heures. J'ai vu sortir beaucoup de messieurs mais vous n'étiez pas parmi eux.

Ainsi donc, elle était restée une heure entière à attendre, debout, sous le regard indifférent des gardiens de la paix.

— Je sens que je suis en danger. Ce n'est pas sans raison que quelqu'un s'introduit chez moi et fouille mes affaires.

— Comment savez-vous qu'on fouille vos affaires ?

— Parce que je ne les retrouve pas à leur place exacte. Je suis une maniaque de l'ordre. Chez moi, chaque objet a sa place précise depuis plus de quarante ans.

— Et cela s'est produit plusieurs fois ?

— Au moins quatre fois.

— Vous possédez des objets de valeur ?

— Non, monsieur le commissaire. Rien que toutes ces petites choses qu'on ramasse au cours d'une existence et qu'on garde par sentimentalité.

Elle se retourna vivement et il demanda :

— Quelqu'un vous suit en ce moment ?

— Pas maintenant, non. Je vous supplie de venir me voir. Quand vous serez sur les lieux, vous comprendrez mieux.

— Je ferai l'impossible pour me rendre libre.

— Faites plus que ça pour une vieille femme comme moi. Le quai de la Mégisserie est à deux pas. Dans les jours qui suivent, passez me voir et je vous promets de ne pas vous retenir. Je vous promets aussi de ne plus me présenter à votre bureau.

En somme, elle était assez rouée.

— J'irai prochainement.

— Cette semaine ?

— Peut-être cette semaine. Sinon, au début de l'autre semaine.

Il était arrivé à sa station d'autobus.

— Maintenant, veuillez m'excuser, mais il faut que je rentre chez moi.

— Je compte sur vous, dit-elle. J'ai confiance.

Il aurait été bien en peine, à ce moment-là, de dire ce qu'il pensait d'elle. Certes, son histoire était de celles qu'inventent de bonne foi les mythomanes. Mais, quand on se trouvait devant elle et qu'on regardait son visage, on était tenté de prendre son récit au sérieux.

Il rentra chez lui où la table était mise pour le dîner et il embrassa sa femme sur les deux joues.

— J'espère que tu es sortie, par ce temps-là ?

— Je suis allée faire quelques courses.

Il lui posa alors une question qui la surprit.

— Est-ce qu'il t'arrive, à toi aussi, de t'asseoir sur un banc dans un jardin public ?

Elle dut chercher dans sa mémoire.

— Cela a dû m'arriver. En attendant l'heure d'un rendez-vous avec le dentiste, par exemple.

— Ce soir, j'ai eu une visiteuse qui passe à peu près tous ses après-midi sur un banc des Tuileries.

— Beaucoup de gens sont dans le même cas.

— On t'a adressé la parole, à toi ?

— Une fois au moins. La maman d'une petite fille m'a demandé de garder l'enfant quelques minutes, le temps d'aller acheter quelque chose de l'autre côté du square.

La fenêtre était ouverte ici aussi. A dîner, comme aux plus beaux jours de l'été, il y avait des viandes froides, de la salade et de la mayonnaise.

— Si on allait se promener un moment ?

Le soleil rosissait encore le ciel et le boulevard Richard-Lenoir était calme avec, de-ci de-là, des gens accoudés aux fenêtres.

Ils marchaient pour marcher, pour le plaisir d'être ensemble, mais ils n'avaient rien de particulier à se dire. Ils regardaient les mêmes personnes qu'ils croisaient, les

22

mêmes étalages et, de temps en temps, l'un des deux faisait une réflexion. Ils étaient passés par la Bastille et ils s'en revenaient par le boulevard Beaumarchais.

— J'ai reçu ce soir une étrange vieille dame. Ou plutôt c'est Lapointe qui l'a reçue. Moi, elle m'a attendu sur le quai et elle m'a accroché au passage.

» A entendre son histoire, c'est une folle. Tout au moins a-t-elle le cerveau plus ou moins dérangé.

— Que lui est-il arrivé ?

— Rien. Elle prétend seulement que, quand elle rentre chez elle, elle découvre que des objets ont légèrement changé de place.

— Elle a un chat ?

— C'est ce que Lapointe lui a demandé. Elle n'a pas d'animaux. Elle habite juste au-dessus d'un marchand d'oiseaux et cela lui suffit, car elle les entend chanter toute la journée.

— Tu crois que c'est vrai ?

— Tant qu'elle était en face de moi, oui. Elle a des yeux gris clair qui expriment à la fois la candeur et la bonté. Je dirais plutôt la simplicité d'âme. Elle est veuve depuis douze ans. Elle vit seule. A part une nièce qu'elle ne voit presque jamais, elle n'a pas de famille.

» Le matin, elle fait son marché dans le quartier, avec un chapeau blanc sur la tête et des gants blancs. L'après-midi, le plus souvent, elle va s'asseoir sur un banc des Tuileries. Elle ne se plaint pas. Elle ne s'ennuie pas. La solitude ne semble pas lui peser.

— C'est le cas de beaucoup de vieilles gens, tu sais.

— Je veux bien te croire, mais il y a chez elle quelque chose de différent que je ne parviens pas à définir.

Quand ils rentrèrent, la nuit était tombée et l'air était plus frais. Ils se mirent au lit de bonne heure et, le lendemain matin, comme le temps était toujours au beau, Maigret décida d'aller à pied jusqu'à son bureau.

Une pile de courrier l'attendait, comme toujours. Il eut le temps de le parcourir et de voir ses inspecteurs avant de se rendre au rapport. Il n'y avait rien d'important en train.

Il passa une matinée banale, décida de déjeuner place Dauphine et téléphona à sa femme pour lui annoncer qu'il ne rentrerait pas manger. Son repas terminé, il fut sur le point de franchir le Pont-Neuf et de se rendre au quai de la Mégisserie. Un hasard l'en empêcha. Il rencontra sur le trottoir un ancien collègue qui avait pris sa retraite et ils bavardèrent pendant un bon quart d'heure, debout dans le soleil.

Deux fois, au cours de l'après-midi, il pensa à la vieille dame que les inspecteurs avaient déjà baptisée la vieille folle de Maigret. Les deux fois, il remit sa visite à plus tard, au lendemain, par exemple.

Les journaux ne se moqueraient-ils pas de lui s'ils arrivaient à connaître cette histoire d'objets baladeurs ?

Ce soir-là, ils regardèrent la télévision. Le lendemain, il se rendit à son bureau en autobus, car il était en retard. Il était près de midi quand le commissaire de police du Ier arrondissement l'appela au téléphone.

— J'ai une affaire sur les bras qui doit intéresser votre brigade, car la concierge me dit qu'un de vos inspecteurs, un jeune, très beau garçon, paraît-il, est allé la voir.

Il eut un pressentiment.

— Quai de la Mégisserie ?

— Oui.

— Elle est morte ?

— Oui.

— Vous êtes sur les lieux ?

— Je suis au rez-de-chaussée, chez le marchand d'oiseaux, car il n'y a pas le téléphone dans l'appartement.

— Je viens.

Lapointe était dans le bureau voisin.

— Suis-moi.

— Quelque chose de grave, patron ?

— Pour toi et pour moi, oui. Il s'agit de la vieille dame.

— Celle au chapeau blanc et aux yeux gris ?

— Oui. Elle est morte.

— Assassinée ?

— Je le suppose, car autrement le commissaire de police ne m'aurait pas alerté.

Ils ne prirent pas de voiture, car ils iraient plus vite à pied. Le commissaire de police, Jenton, que Maigret connaissait bien, attendait au bord du trottoir, tout à côté d'un perroquet attaché par une chaînette à son perchoir.

— Vous la connaissez ?

— Je ne l'ai rencontrée qu'une seule fois.

J'avais promis de la voir un de ces jours. Hier, j'ai bien failli venir.

Cela aurait-il changé le cours des événements ?

— Il y a quelqu'un là-haut ?

— Un de mes hommes et le docteur Forniaux, qui vient d'arriver.

— De quoi est-elle morte ?

— Je ne sais pas encore. Une voisine, qui habite le second étage, a vu, vers dix heures et demie, la porte entrouverte. Elle n'y a pas attaché d'importance et elle est allée faire son marché. Quand elle est revenue, à onze heures, la porte était toujours entrebâillée et elle a appelé :

» — Madame Antoine !... Madame Antoine !... vous êtes là ?....

» Comme on ne lui répondait pas, elle a poussé la porte et elle a failli buter sur le corps.

— Il était par terre ?

— Oui. Dans le salon. La voisine a appelé tout de suite le commissariat.

Maigret montait lentement l'escalier et son visage était grave.

— Comment est-elle habillée ?

— Elle porte encore le chapeau blanc et les gants qu'elle avait mis pour sortir.

— Aucune blessure apparente ?

— Je n'ai rien vu. La concierge m'a dit qu'un de vos hommes est venu il y a trois jours lui poser des questions à son sujet et je vous ai tout de suite appelé.

Le docteur Forniaux, à genoux sur le tapis,

se redressait au moment où les trois hommes entrèrent.

Ils se serrèrent la main.

— Vous avez déterminé la cause de la mort ?

— Suffocation.

— Vous voulez dire qu'elle a été étranglée ?

— Non pas. On a dû se servir d'un linge quelconque, d'une serviette, voire d'un mouchoir, qu'on a maintenu devant son nez et sa bouche jusqu'à ce que mort s'ensuive.

— Vous en êtes certain ?

— Je vous le confirmerai après l'autopsie.

La fenêtre était grande ouverte et on entendait pépier les oiseaux du rez-de-chaussée.

— A quel moment croyez-vous que cela se soit passé ?

— Hier, soit en fin d'après-midi, soit au cours de la soirée.

La vieille femme paraissait encore plus menue morte que vivante. Ce n'était qu'un petit corps dont une des jambes s'était étrangement repliée, de sorte que cela lui donnait l'air d'un pantin désarticulé.

Le médecin lui avait fermé les yeux. Le visage et les mains étaient d'un blanc ivoire.

— Combien de temps, à votre avis, a-t-il fallu pour la tuer de la sorte ?

— Il m'est difficile d'être précis. Surtout étant donné son âge. Cinq minutes ? Un peu plus ou un peu moins...

— Lapointe, tu veux téléphoner au Parquet et au laboratoire ? Dis à Moers de nous envoyer son équipe.

— Vous n'avez plus besoin de moi, messieurs ? Je vais vous faire envoyer le fourgon afin qu'on me l'amène à l'Institut Médico-Légal dès que vous n'en aurez plus besoin.

Le commissaire du quartier envoya son agent en bas, où un petit groupe s'était formé.

— Faites-les circuler. Nous ne sommes pas à la foire.

Ils avaient certes l'un comme l'autre l'habitude des crimes. Ils n'en étaient pas moins impressionnés, peut-être, surtout, parce qu'il s'agissait d'une très vieille femme, peut-être aussi parce qu'elle ne portait pas de blessure apparente.

Il y avait aussi le cadre, qui datait du début du siècle et même du siècle dernier. Les meubles étaient en acajou massif, très lourds, admirablement polis, les fauteuils recouverts de peluche cramoisie comme on en voit encore dans quelques salons de province. Les bibelots étaient nombreux, les photographies encadrées aussi. Il y en avait sur tous les murs couverts d'un papier à fleurs.

— Il ne nous reste qu'à attendre le Parquet.

— Il ne va pas tarder. On nous enverra le premier substitut venu accompagné d'un greffier ; il regardera un moment autour de lui et le tour sera joué.

C'est en effet la façon dont les choses se passent la plupart du temps. Après quoi les spécialistes prennent possession des lieux avec leurs appareils encombrants.

La porte s'entrouvrit sans bruit et Maigret sursauta. C'était une petite fille qui habitait sans doute un autre étage et qui avait entendu du bruit.

— Tu as l'habitude de venir ici ?

— Non. Je ne suis jamais venue.

— Où habites-tu ?

— La porte d'en face.

— Tu connaissais Mme Antoine ?

— Je la voyais parfois dans l'escalier.

— Elle te parlait ?

— Elle me souriait.

— Elle ne t'a jamais donné de bonbons, de chocolats ?

— Non.

— Où est ta mère ?

— Dans la cuisine.

— Conduis-moi auprès d'elle.

Il s'excusa vis-à-vis du commissaire de police.

— Quand le Parquet arrivera, faites-moi prévenir.

L'immeuble était vieux. Il y avait longtemps que murs et plafonds n'étaient plus d'équerre et qu'il y avait des vides entre les lames des parquets.

— Maman, c'est un monsieur qui veut te parler.

La femme sortit de sa cuisine en essuyant ses mains à son tablier. Il y avait encore un peu de mousse près du coude.

— Commissaire Maigret. C'est par hasard que j'ai vu votre fille pousser la porte d'en face. C'est vous qui avez découvert le corps ?

— Quel corps ? Va dans ta chambre, Lucette.

— Celui de votre voisine.

— Elle est morte ? J'ai toujours dit que cela lui arriverait un jour. A son âge, on ne vit pas seule. Elle a dû avoir un malaise et elle a été incapable d'appeler.

— Elle a été assassinée.

— Je n'ai rien entendu. Il est vrai qu'il y a tant de bruit sur le quai.

— Il ne s'agit pas d'un coup de feu et cela ne s'est pas passé ce matin, mais hier dans l'après-midi ou dans la soirée.

— Pauvre femme ! Elle était un peu fière pour mon goût, mais je ne lui en voulais pas.

— Vous entreteniez de bons rapports ?

— Je ne crois pas que nous ayons échangé dix phrases depuis sept ans que nous avons emménagé ici.

— Vous ne connaissez rien de sa vie ?

— Il m'arrivait de la voir partir le matin. L'hiver, elle portait un chapeau noir, l'été un chapeau blanc, et toujours elle avait des gants, même pour aller faire son marché. C'est son affaire, n'est-ce pas ?

— Elle recevait des visites ?

— Pas à ma connaissance. Attendez. Deux ou trois fois, j'ai vu une femme assez forte, un peu hommasse, qui sonnait à sa porte.

— Dans la journée ?

— Plutôt le soir. Un peu après le dîner.

— Ces derniers temps, vous n'avez pas remarqué des allées et venues dans la maison ?

— Il y a toujours des tas d'allées et venues. Les gens vont et viennent comme dans un moulin. La concierge reste chez elle au fond de la cour et ne s'occupe pas des locataires.

Elle se tourna vers sa fille qui était rentrée sans bruit.

— Qu'est-ce que je t'ai dit ? Veux-tu vite retourner dans ta chambre ?

— Je reviendrai vous voir, car je suis obligé de questionner tous les locataires.

— Je suppose qu'on ne sait pas qui a fait ça ?

— Non.

— Comment l'a-t-on découverte ?

— C'est quelqu'un qui habite le deuxième étage, qui a vu la porte entrouverte. Comme elle l'était encore une heure plus tard, cette femme a appelé, puis est entrée.

— Je devine qui c'est.

— Pourquoi ?

— Parce que c'est la plus curieuse de toute la maison. Vous verrez qu'il s'agit de la mère Rochin.

On entendait des pas, des voix sur le palier et Maigret alla rejoindre les gens du Parquet qui venaient d'arriver.

— Par ici, dit-il. Le docteur Forniaux est venu, mais il est très occupé ce matin et il a dû partir.

Le substitut était un homme grand et jeune, très élégant, distingué. Il regardait autour de lui d'un œil surpris comme s'il n'avait jamais vu d'intérieur de ce genre. Puis il regardait un instant la forme grise recroquevillée sur le tapis.

— On sait comment elle a été tuée ?

— Par suffocation.

— Evidemment, elle ne devait pas être capable d'une grande résistance.

Le juge Libart arrivait à son tour et, lui aussi, regardait le décor avec curiosité.

— On se croirait dans un vieux film, remarqua-t-il.

Lapointe était remonté et son regard rencontra celui de Maigret. Ils ne haussèrent pas les épaules mais ils n'en pensaient pas moins.

2

— Je crois que je ferais bien de vous envoyer deux ou trois agents pour écarter les curieux, proposa le commissaire de police.

Déjà des locataires formaient un groupe sur le palier et dans l'escalier. Les gens du Parquet ne s'attardèrent pas et les hommes de l'Institut Médico-Légal emportèrent le corps sur une civière.

Lapointe n'était pas sans remarquer la gravité de Maigret, la pâleur de son visage. Trois jours plus tôt, il ne connaissait pas la morte, il n'en avait même jamais entendu parler. Mais, dans son désarroi, imaginaire ou réel, c'était vers lui qu'elle s'était tournée. Elle avait essayé de l'atteindre personnellement, parce qu'elle avait confiance en lui, et il la revoyait l'accostant sur le trottoir avec des yeux brillants d'admiration.

Il l'avait prise pour une folle, ou pour une demi-folle. Un vague doute persistait cependant au fond de lui-même et il lui avait promis de venir la voir. Il serait venu, peut-être cet après-midi même.

Il était trop tard. Elle avait bel et bien été assassinée comme elle le craignait.

— Qu'on relève les empreintes dans toutes les pièces, sur tous les objets, même sur ceux qui sont le moins susceptibles d'avoir été touchés.

Il entendit un brouhaha sur le palier et entrouvrit la porte. Il y avait là une douzaine de journalistes et de photographes qu'un agent empêchait de pénétrer dans l'appartement.

Quelqu'un tendit un micro vers son visage.

— De quel genre de crime s'agit-il, commissaire ?

— Je n'en sais rien, messieurs. On peut dire que l'enquête n'est pas commencée.

— Qui est-ce ?

— Une vieille dame.

— Mme Antoine de Caramé, la concierge nous l'a dit. Elle nous a dit aussi qu'au début de la semaine la P.J. est venue poser des questions à son sujet. Pourquoi ? Aviez-vous des raisons de croire qu'elle courait des risques ?

— Tout ce que je puis vous dire, c'est qu'en ce moment je ne sais rien.

— Elle vivait seule, n'est-ce pas ? Et elle ne recevait personne ?

— A notre connaissance, c'est exact. Mais elle a une nièce, dont j'ignore le nom, qui lui rendait parfois visite. Elle est masseuse et habite non loin d'ici, de l'autre côté du Pont-Neuf.

La radio avait enregistré cette courte déclaration. Elle paraîtrait dans les journaux de l'après-midi. La nièce, alors, se ferait vraisemblablement connaître.

— On ne peut pas photographier l'intérieur ?

— Pas encore. Les gens de l'Identité Judiciaire y travaillent. Maintenant, je vous demande de dégager le palier et l'escalier.

— Nous vous attendons dans la cour.

Maigret referma la porte et fit enfin le tour de l'appartement. En façade, il y avait le salon, où Mme Antoine avait été agressée, sans doute alors qu'elle revenait de sa promenade habituelle aux Tuileries.

Quelqu'un visitait-il son appartement en son absence, comme elle l'avait soupçonné ? C'était probable. Mais pour chercher quoi ? Qu'est-ce que cet appartement pouvait contenir qui expliquât un tel acharnement ?

Sans doute était-elle rentrée plus tôt que d'habitude et l'intrus, surpris, s'était débarrassé d'elle.

Cela n'indiquait-il pas qu'elle le connaissait ? Sinon, le visiteur n'aurait-il pas pu fuir ? Avait-il besoin de la tuer ?

— Ces empreintes ?

— Jusqu'ici, rien que celles de la vieille. En plus, sur la table du salon, des empreintes du toubib. Celles-là, on commence à les connaître.

Le salon avait deux fenêtres et, comme toutes les pièces de l'étage, était bas de plafond. Une porte donnait sur une salle à manger aussi désuète que le reste et que la vieille dame elle-même. Dans un coin, sur un guéridon, il y avait une énorme plante verte dans un pot de terre entouré de tissu.

Partout régnait le même ordre, la même propreté méticuleuse.

La salle à manger n'avait qu'une seule fenêtre et, en face de celle-ci, une porte la faisait communiquer avec la cuisine. La boîte à pain contenait une baguette encore fraîche. Dans le réfrigérateur, Maigret trouva plusieurs petits paquets. L'un d'eux contenait une tranche de jambon. Un autre, la moitié d'une côtelette. Il y avait aussi une laitue et une demi-bouteille de lait.

Il ne restait qu'une pièce qui, comme la cuisine, donnait sur la cour : c'était la chambre à coucher. Il s'y trouvait une immense armoire à glace en noyer et le lit était en noyer aussi, ainsi que les autres meubles. Sur le plancher était étendu un tapis vaguement oriental aux couleurs passées dont on voyait la trame.

Tout cela avait un certain air de dignité. Il lui faudrait, l'après-midi sans doute, revenir pour étudier les objets un à un, y compris le contenu des placards et des tiroirs.

— Nous avons fini, patron.

Les photographes emmenaient leurs appareils. Quant aux empreintes, on n'en avait toujours pas relevé d'autres que celles de la vieille dame.

Maigret donna des instructions au sergent de ville pour qu'il ne laisse entrer personne, sauf l'inspecteur qu'il allait envoyer sur place. Il descendit l'escalier sombre, aux marches usées, à la rampe polie par deux ou trois siècles d'usage.

Dans la cour, les journalistes et les photographes étaient aux prises avec la concierge qui leur répondait sans aménité. Lapointe suivait toujours le commissaire et gardait le silence. Il était impressionné, lui aussi. Il revoyait Mme Antoine dans le petit bureau où il l'avait reçue et où il avait décidé qu'elle n'avait pas toute sa tête à elle.

Le marchand d'oiseaux, M. Caille, à en croire le nom peint sur la devanture, se tenait près de ses cages, portant une longue blouse de toile grise.

— Vous permettez que je donne un coup de téléphone ?

— Volontiers, monsieur le commissaire.

Il souriait d'un air malin, tout fier d'avoir reconnu Maigret. Le téléphone était dans le magasin où d'autres cages s'empilaient et où il y avait en outre des poissons rouges dans des aquariums. Un vieillard, en blouse grise, lui aussi, leur donnait à manger.

— Allô !... Lucas ?... Il faudrait m'envoyer quelqu'un quai de la Mégisserie. Au 8 *bis*... Janvier ?... Cela ira très bien... Qu'il entre dans l'appartement et ne laisse pénétrer personne... Téléphone donc à ma femme que je ne rentrerai pas déjeuner...

Quand il raccrocha, il se tourna vers le vieux marchand d'oiseaux.

— Il y a longtemps que vous habitez l'immeuble ?

— Depuis que mon père s'y est installé quand je n'avais que dix ans.

— Vous avez donc connu Mme Antoine dès son arrivée dans la maison ?

— Il y a une quarantaine d'années de ça.

37

Son premier mari, M. de Caramé, vivait encore. C'était un bel homme, qui avait de la prestance. Il occupait un poste important à l'Hôtel de Ville et, quand on y organisait une fête, il nous donnait toujours des billets.

— A cette époque-là, ils voyaient beaucoup de monde ?

— Ils avaient deux ou trois couples d'amis qui venaient presque chaque semaine jouer aux cartes.

— Comment était Mme Antoine ?

— Mignonne. Jolie. Mais regardez comment va le destin : on aurait dit qu'elle n'avait pas de santé et qu'elle ne ferait pas de vieux os, tant elle était frêle. Lui, au contraire, était un homme corpulent que je n'ai jamais vu malade. C'était un bon vivant. Or, c'est lui qui est mort, brusquement, dans son bureau et, hier, sa femme vivait encore.

— Elle s'est remariée peu après ?

— Oh ! non. Elle est restée seule près de dix ans. Puis elle a rencontré je ne sais où ce M. Antoine qu'elle a fini par épouser. Je n'ai rien à dire contre lui. C'était certainement un brave homme, mais il n'avait pas la distinction du premier mari.

» Il travaillait au Bazar de l'Hôtel de Ville, où il était, je pense, chef de rayon. Il était veuf. Il avait monté un petit atelier, là-haut, où il bricolait, car c'était sa passion. Il ne parlait pas beaucoup. Bonjour. Bonsoir. Ils ne sortaient guère non plus.

» Il avait une auto et, le dimanche, il emmenait sa femme à la campagne. L'été, ils allaient quelque part du côté d'Etretat.

— Y a-t-il d'autres locataires qui les ont bien connus ?

— Je crains d'être le dernier. Les autres sont morts les uns après les autres et de nouvelles gens ont emménagé. Je ne vois plus personne, parmi les anciens.

— Tu oublies M. Crispin, papa, intervint le fils qui se tenait toujours sur le seuil.

— C'est vrai, mais, comme on ne le voit plus, j'ai de la peine à imaginer qu'il vit encore. Il est impotent depuis cinq ans. Il habite deux chambres au cinquième et c'est la concierge qui lui monte ses repas et qui fait son ménage.

— Il était ami avec les Antoine ?

— Attendez que je me souvienne. Il arrive un moment où tout cela commence à s'embrouiller. Il est venu ici un peu après eux. Donc, M. de Caramé vivait encore. Je ne crois pas qu'ils se soient fréquentés à cette époque. Ce n'est que plus tard, quand Mme de Caramé a épousé M. Antoine, que je l'ai vu assez souvent avec celui-ci. Il était dans le commerce, lui aussi. Dans la passementerie, je crois, et il travaillait rue du Sentier.

— Je vous remercie, monsieur Caille.

Janvier avait eu le temps d'arriver.

— Tu as déjeuné ?

— J'ai mangé un morceau. Mais vous ?

— Je vais déjeuner avec Lapointe. Toi, tu montes au premier et tu t'installes dans l'appartement. Ne touche à rien, pas même à un bibelot sans importance. Tu verras tout à l'heure pourquoi. Ah ! il n'y a qu'une personne qu'il faudra laisser entrer si elle se présente : c'est la nièce.

Dix minutes plus tard, Maigret et Lapointe étaient installés à une table de la Brasserie Dauphine.

— Un petit apéritif ? proposa le patron.

— Non. Servez-nous tout de suite une carafe de beaujolais. Qu'est-ce qu'il y a au menu ?

— Des andouillettes arrivées d'Auvergne ce matin.

Avant cela, Maigret choisit des filets de hareng.

— Qu'est-ce que tu en penses, toi ? questionnait Maigret d'une voix un peu sourde.

Lapointe ne savait que répondre.

— Je n'aurais jamais cru qu'elle disait la vérité. J'aurais juré qu'elle se faisait des idées, comme cela arrive si souvent aux vieilles gens.

— Elle est morte.

— Et, si sa porte n'était pas restée entrouverte, on aurait pu mettre des jours à la découvrir. Elle connaissait son meurtrier, sinon il n'aurait pas eu besoin de la tuer.

— Je me demande ce qu'il cherchait.

— Quand nous le saurons, si nous le savons un jour, l'enquête sera bien près d'être terminée. Tout à l'heure, nous allons examiner l'appartement mètre par mètre. Il y a fatalement quelque chose que l'assassin voulait s'approprier. Quelque chose de difficile à trouver, puisqu'il a fouillé plusieurs fois les lieux.

40

— Et s'il avait enfin découvert ce qu'il cherchait ?

— Alors, il ne nous reste plus beaucoup de chances de lui mettre la main au collet. Il faudra aussi questionner les locataires. L'immeuble a combien d'étages ?

— Six, plus des mansardes.

— A deux logements en moyenne par étage...

Le beaujolais était parfait et l'andouillette, garnie de pommes frites, ne l'était pas moins.

— Il y a une chose que je n'arrive pas à comprendre. Mme Antoine avait quatre-vingt-six ans. Elle était veuve depuis une douzaine d'années. Pourquoi est-ce seulement maintenant qu'on s'est mis à fouiller son appartement ? Ce que l'on cherche ainsi n'est-il en sa possession que depuis peu de temps ?

» Dans ce cas, elle l'aurait su. Or, elle t'a bien dit qu'elle n'avait pas la moindre idée de ce qu'on lui voulait.

— Elle paraissait aussi surprise que nous.

— Ses deux maris successifs n'étaient pas des gens mystérieux. Tout au contraire. Ils représentaient l'un comme l'autre le Français moyen, l'un plus décoratif que l'autre.

Il fit signe au patron :

— Deux cafés, Léon.

Le ciel était toujours aussi bleu, l'air aussi pétillant. Le long des quais, on voyait des touristes avec leur appareil photographique sur le ventre.

Les deux hommes retournaient quai de la

Mégisserie. Il n'y avait plus qu'un journaliste à faire les cent pas dans la cour.

— Evidemment, vous n'avez rien pour moi ? murmura-t-il avec amertume.

— Rien jusqu'à présent.

— Une dame est montée, il y a une dizaine de minutes, mais elle a refusé de me dire qui elle était.

Un peu plus tard, Maigret et Lapointe faisaient sa connaissance. C'était une personne assez forte, hommasse, qui paraissait quarante-cinq à cinquante ans. Elle était assise dans un des fauteuils du salon et Janvier ne semblait pas avoir essayé de la faire parler.

— Vous êtes le commissaire Maigret ?

— Oui. Et je vous présente deux de mes inspecteurs.

— Je suis Angèle Louette.

— Madame ?

— Non. Mademoiselle. Bien que j'aie un fils de vingt-cinq ans. Je n'en ai pas honte, au contraire.

— Mme Antoine était votre tante ?

— C'était la sœur de ma mère. La sœur aînée. Et pourtant c'est ma mère qui est partie la première, il y a plus de dix ans maintenant.

— Vous vivez avec votre fils ?

— Non. Je vis seule. J'ai un petit appartement rue Saint-André-des-Arts.

— Et votre fils ?

— Il vit tantôt ici et tantôt là. Pour le moment, je crois qu'il est sur la Côte d'Azur. Il est musicien.

— Quand avez-vous vu votre tante pour la dernière fois ?

— Il y a environ trois semaines.

— Vous veniez souvent ?

— Une fois tous les mois ou tous les deux mois.

— Vous vous entendiez bien toutes les deux ?

— Nous ne nous disputions pas.

— Ce qui veut dire ?

— Qu'il n'y avait aucune intimité entre nous. Ma tante était une personne méfiante. Elle se figurait certainement que je venais la voir pour rester bien avec elle et pour toucher son héritage.

— Elle avait de l'argent ?

— Des économies, évidemment, mais qui ne devaient pas représenter une forte somme.

— Vous savez si elle avait un compte en banque ?

— Elle ne m'en a jamais parlé. Ce qu'elle me recommandait surtout, c'était de la faire enterrer dans la même tombe que son premier mari, qui avait une concession au cimetière Montparnasse.

» Au fond, je crois que si elle s'est remariée, c'était pour ne pas rester seule. Elle était encore jeune. Elle a rencontré l'oncle Antoine, je ne sais pas où. Un beau jour, elle m'a annoncé qu'elle allait se remarier et elle m'a demandé d'être son témoin...

Maigret ne perdait pas un mot de ce qu'elle disait et il avait fait signe à Lapointe, qui avait tiré son calepin de sa poche, de ne pas prendre de notes. C'était le genre de femme qui se serait probablement tue si on lui avait fait subir un interrogatoire officiel.

— Dites-moi, mademoiselle Louette, est-ce que votre tante avait des raisons de craindre pour sa vie ?

— Pas à ma connaissance.

— Elle ne vous a jamais parlé d'un mystérieux visiteur ?

— Jamais.

— Il lui arrivait de vous téléphoner ou d'aller vous voir ?

— Non. C'est moi qui venais de temps en temps pour m'assurer qu'elle était en bonne santé et qu'elle n'avait besoin de rien. J'étais inquiète de la savoir seule. Il aurait pu lui arriver n'importe quoi, personne ne s'en serait aperçu.

— L'idée ne lui est pas venue de prendre une bonne à tout faire ?

— Elle aurait pu se le permettre, car ses deux pensions suffisaient largement. J'ai insisté pour qu'elle ne vive plus seule mais elle n'acceptait même pas l'aide d'une femme de ménage. Vous voyez comment elle tenait son appartement. Il n'y a pas un grain de poussière.

— Vous êtes masseuse, je crois ?

— Oui. J'ai une bonne clientèle. Je ne me plains de rien.

— Le père de votre fils ?

— Il m'a quittée avant la naissance de celui-ci. J'en ai été contente, car je m'étais trompée sur son compte. J'ai eu un coup de têtc, comme on dit. Je ne sais même pas ce

44

qu'il est devenu et il est probable que je ne le reconnaîtrais pas dans la rue.

— Votre fils est donc inscrit comme de père inconnu et porte votre nom ?

— Oui. Il s'appelle Emile Louette. Depuis qu'il joue de la guitare dans les cabarets, il a choisi le prénom de Billy.

— Vous êtes en bons termes avec lui ?

— Il vient me voir de temps en temps, surtout quand il a besoin d'argent. Il est très bohème mais c'est un bon garçon.

— Il venait voir sa tante aussi ?

— Il m'accompagnait quand il était enfant. Je crois que, depuis l'âge de quinze ou seize ans, il ne l'a pas revue.

— Il aurait pu lui demander de l'argent, à elle aussi.

— Ce n'est pas son genre. A moi, oui, parce que je suis sa mère, mais à personne d'autre. Il est trop fier.

— Vous connaissez bien l'appartement ?

— Assez bien.

— Où se tenait la plupart du temps votre tante ?

— Dans ce fauteuil, près de la fenêtre.

— A quoi passait-elle ses journées et ses soirées ?

— D'abord elle avait son ménage à faire, puis son marché. Ensuite elle préparait ses repas, car elle ne se contentait pas d'un morceau de viande froide sur un coin de table. Elle avait beau être seule, elle mangeait dans la salle à manger où elle ne manquait pas de mettre une nappe sur la table.

— Elle sortait beaucoup ?

— Quand il faisait beau, elle allait s'asseoir sur un banc.

— Elle lisait ?

— Non. Elle se plaignait de ses yeux qui l'empêchaient de lire sans fatigue. Elle regardait les gens qui passaient, les enfants qui jouaient dans l'allée. Elle avait presque toujours un léger sourire, un peu mélancolique. Elle devait penser au passé.

— Elle ne vous faisait pas de confidences ?

— Qu'est-ce qu'elle aurait pu me dire ? Sa vie était toute simple.

— Elle n'avait pas d'amies ?

— Ses anciennes amies étaient mortes et elle n'avait pas envie d'en faire de nouvelles. C'est même à cause de cela qu'elle a changé de banc, cela me revient tout à coup.

— Il y a combien de temps ?

— C'était l'été dernier, vers la fin de l'été. Elle occupait toujours le même banc dans le jardin des Tuileries. Un jour, elle aperçut une femme qui avait à peu près son âge et qui lui a demandé si la place à côté d'elle était libre. Elle a bien dû répondre que oui. On ne retient pas sa place sur les bancs publics. Dès le premier jour cette femme s'est mise à lui parler, à lui raconter qu'elle était d'origine russe et qu'elle avait été une grande danseuse...

» Le lendemain, ma tante la retrouva à la même place et pendant plus d'une heure l'étrangère lui a raconté ses anciens succès. Elle avait vécu longtemps à Nice. Elle en parlait sans cesse, se plaignant du climat de Paris.

» C'est un des rares événements que ma tante m'ait raconté.

» — J'aimais tellement mon banc ! soupirait-elle. J'ai dû, non seulement en changer, mais changer d'endroit dans le jardin, car je l'aurais retrouvée à côté de moi.

— Cette Russe n'est jamais venue ici ?

— Pas à ma connaissance. Et, comme je connais ma tante, elle ne l'a certainement pas invitée.

— En somme, vous n'avez aucune idée sur l'identité de l'assassin.

— Aucune, monsieur le commissaire. Qu'est-ce que je fais, pour les obsèques ?

— Laissez-moi votre numéro de téléphone et je vous tiendrai au courant. Au fait, avez-vous une photo assez récente de votre tante ?

— La dernière date de plus de douze ans puisqu'elle a été prise par mon oncle Antoine. Téléphonez plutôt le soir parce que, pendant la journée, je suis généralement chez des clientes.

Il y avait toujours un sergent de ville à la porte de la rue.

— Qu'est-ce que vous pensez d'elle, patron ?

— Elle parle volontiers, et d'une façon catégorique.

Janvier regardait autour de lui avec étonnement.

— Tout l'appartement est dans le même goût ?

— Oui. La chambre à coucher est encore un peu plus vieillotte. Lapointe ! Toi qui connais un peu la maison, tu vas sonner à la

porte de chaque appartement. Tu demande-
ras aux gens s'ils rencontraient la vieille
femme, quels rapports ils avaient avec elle,
s'ils avaient vu des visiteurs entrer dans
l'appartement.

Il n'y avait, dans le salon, qu'un seul objet
moderne, un poste de télévision, en face d'un
fauteuil recouvert d'une housse à fleurs.

— Maintenant, dit Maigret à Janvier, nous
allons tout fouiller, méthodiquement, en
notant la place de chaque objet. C'est en effet
parce qu'elle a trouvé des objets légèrement
déplacés qu'elle a commencé à s'inquiéter.

Le parquet aux lames écartées par la
vieillesse n'était pas recouvert d'un tapis mais
de plusieurs carpettes, dont une s'étalait sous
les trois pieds de la table ronde.

Ils retirèrent la table, soulevèrent le tapis,
s'assurèrent qu'il ne cachait rien. Ils remirent
ensuite en place la table ronde qui était
recouverte d'une sorte de nappe en filet. Ils
eurent soin de remettre les menus objets
qu'ils avaient enlevés : un gros coquillage
marqué *Dieppe*, une bergère en faïence, un
écolier en faux bronze avec sa mallette au
dos, vêtu d'un costume marin.

Sur la cheminée, c'étaient surtout des photos qui s'alignaient, les photos des deux hommes, des deux maris qui, aurait-on dit,
avaient fini par se confondre dans l'esprit de
la vieille dame. L'un des deux, au visage plein,
presque gras, était glabre et avait choisi une
pose avantageuse. C'était certainement le
chef de bureau à l'Hôtel de Ville.

L'autre, plus effacé, portait des moustaches

grisonnantes. C'était le genre d'hommes qu'on rencontre le plus dans le métro et dans les autobus. Il aurait pu aussi bien être employé, comptable, que contremaître ou vendeur dans un grand magasin, comme c'était le cas. Il souriait et son sourire était sincère. On le sentait satisfait de l'existence.

— Au fait, Janvier. Comment la nièce est-elle entrée ? Avait-elle une clé ?

— Non. Elle a sonné et je suis allé lui ouvrir la porte.

— Ce meuble est fermé à clé. Il doit exister un trousseau quelque part.

C'est le sac de la vieille dame qu'il chercha d'abord, son sac en cuir blanc qu'elle avait dû sortir de l'armoire aux premiers jours du printemps. Il ne contenait pas de rouge à lèvres, mais seulement de la poudre de riz compacte, légèrement bleutée. Le mouchoir brodé portait l'initiale *L* et les deux hommes allaient découvrir un peu plus tard que Mme Antoine s'appelait Léontine.

Pas de cigarettes. Elle ne fumait évidemment pas. Un petit sac de bonbons à la violette qui avait été acheté rue de Rivoli. Les bonbons devaient être là depuis longtemps, car ils étaient collés l'un à l'autre.

— Voici les clés.

Il était presque sûr de les trouver dans le sac qu'elle emportait toujours avec elle. Il y avait trois clés de meubles et la clé d'une chambre, ainsi que celle de la porte d'entrée.

— Elle a ouvert et elle a remis les clés dans son sac avant de pousser la porte. Sinon, les clés seraient restées dans la serrure ou bien nous les aurions retrouvées par terre. Elle a eu juste le temps de poser son sac sur le fauteuil avant d'être attaquée.

Maigret parlait machinalement, pour lui-même plus encore que pour l'inspecteur Janvier. Il ne parvenait pas à se débarrasser d'un certain sentiment de malaise. Mais, même s'il était venu la veille, qu'est-ce que cela aurait changé ? Il n'aurait pas trouvé d'éléments suffisants pour que s'impose la surveillance de l'appartement vingt-quatre heures sur vingt-quatre. Et l'assassin, ignorant sa visite, aurait agi comme il l'avait fait la veille.

Il essayait les petites clés une à une sur le tiroir d'un bahut et finit par trouver la bonne.

Le tiroir était plein de papiers et de photographies. A droite, il vit un livret de Caisse d'Epargne au nom de Léontine Antoine, quai de la Mégisserie, d'un montant de dix mille francs. Il n'y avait que des versements, pas un seul retrait, et les versements avaient commencé vingt-cinq ans auparavant. C'est pourquoi, sous le nom Antoine, on avait biffé le nom de Caramé.

Vingt-cinq ans de vie, d'économies. Le marché le matin. Les bancs de square l'après-midi, peut-être parfois, quand il pleuvait, le cinéma ?

Un autre carnet était un carnet de dépôt d'une agence de la Société Générale. Le montant en était de vingt-trois mille deux cents francs. On avait retiré deux mille cinq cents francs quelques jours avant le dernier Noël.

— Le chiffre ne te dit rien ?

Janvier fit signe que non.

— La télévision. Je parierais que c'est ce qu'elle s'est offert pour ces deux mille cinq cents francs. En somme, elle s'est payé son Noël.

Il y avait un autre retrait, douze ans auparavant, qui correspondait sans doute avec les obsèques de son deuxième mari.

Des cartes postales. Les plus nombreuses étaient signées *Jean*. Elles venaient de différentes villes de France, de Belgique et de Suisse et devaient avoir été envoyées à l'occasion de congrès. L'écriture était belle, un peu ronde, le texte toujours le même :

> *Tendresses*
> *Jean*

Jean, c'était Caramé. Antoine, lui, avait moins voyagé seul et il n'y avait aucune carte de lui. Par contre, les photographies étaient nombreuses, soit de lui seul, soit du couple. L'appareil, assez compliqué, se trouvait d'ailleurs dans le même tiroir.

Il semblait que le ménage Antoine changeait chaque année de lieu de vacances et, en outre, adorait les excursions. Ils étaient allés à Quimper, à La Baule, à Arcachon, à Biarritz. Ils avaient circulé aussi dans le Massif central et séjourné sur la Côte d'Azur.

D'une photographie à l'autre, l'âge, souvent, différait et on aurait pu procéder à un classement chronologique.

Quelques lettres, surtout d'Angèle Louette, la nièce qui était masseuse. Elles venaient de province aussi.

Nous passons de bonnes vacances ici, Emile et moi. Emile est maintenant un grand garçon qui se roule toute la journée dans les dunes...

Il y avait une seule photo de cet Emile qui se faisait maintenant appeler Billy. Il avait quinze ans et regardait droit devant lui avec l'air de défier le monde entier.

— Rien de secret. Rien d'inattendu, soupira Maigret.

Une petite table contenait des crayons, des porte-plume, une gomme et du papier à lettres sans nom ni initiales. La vieille Léontine ne devait pas écrire souvent. Et à qui aurait-elle écrit ?

Elle avait dépassé le peloton de ceux qu'elle avait connus et qui tous étaient morts avant elle. Il ne lui restait que sa nièce et son petit-neveu dont, à part la photographie et la mention dans une vieille lettre de sa mère, il n'y avait pas de trace.

La cuisine fut passée au crible et Maigret remarqua des instruments qu'il ne connaissait pas et qui ne lui parurent pas venir du commerce. Il y avait par exemple un ouvre-boîte d'un modèle très perfectionné, ainsi qu'une petite machine, très simple mais ingénieuse, pour éplucher les pommes de terre.

Ils comprirent quand, de l'autre côté du couloir, ils ouvrirent le cagibi avec la seconde clé. C'était une pièce en dehors de l'appartement, un réduit plutôt, dont une lucarne donnait sur la cour. Il s'y trouvait un banc de menuisier et les murs étaient couverts d'outils suspendus en bon ordre.

C'est ici que le père Antoine assouvissait sa passion pour le bricolage. Dans un coin, sur une planche, s'empilaient des revues techniques et un tiroir contenait des cahiers dans lesquels des croquis étaient tracés, y compris celui de la machine à éplucher les pommes de terre.

Combien de gens comme lui, de couples comme le leur, parmi les millions de Parisiens ? Des petites vies bien rangées, bien ordonnées.

Ce qui était incongru, c'était la mort de la vieille dame si menue, aux yeux d'un gris si clair.

— Il nous reste la chambre, les placards.

Il y avait en tout, dans la garde-robe, un manteau d'hiver en astrakan, un autre en lainage noir, deux robes chaudes, dont une mauve, et trois ou quatre robes d'été.

Aucun vêtement d'homme. Quand son second mari était mort, elle avait dû se débarrasser de ses affaires, à moins qu'elle ne dispose d'une des mansardes ou d'une partie du grenier ? Il faudrait qu'il s'en informe auprès de la concierge.

Tout était propre et net et il y avait du papier blanc au fond des tiroirs.

Or, celui du tiroir de la table de nuit avait une tache assez grande, une tache de graisse ou d'huile, alors que le tiroir était vide.

Maigret, intrigué, renifla, fit renifler Janvier à son tour.

— Qu'est-ce que tu crois que c'est ?

— De la graisse.

— Oui, mais pas n'importe quelle graisse.

Elle a servi à graisser une arme. La vieille dame avait un revolver ou un automatique dans ce tiroir.

— Qu'est-il devenu ?

— Nous ne l'avons pas vu dans l'appartement que nous avons pourtant fouillé dans les moindres recoins. Or, la tache paraît encore fraîche. Est-ce que la personne qui a tué la vieille...

Il était difficile de croire que l'assassin, homme ou femme, ait pensé à emporter le revolver.

Cette tache qu'ils découvraient à la dernière minute remettait tout en question.

Etait-ce la vieille dame qui avait acheté l'arme pour se défendre au besoin ? C'était improbable. Telle que Maigret l'avait vue, elle devait avoir plutôt peur des armes à feu. Il la voyait mal, d'ailleurs, entrer chez un armurier, demander un pistolet, aller l'essayer dans le sous-sol.

Et pourquoi pas, après tout ? N'avait-il pas été surpris par son énergie ? Elle était frêle, avec des poignets pas plus gros que ceux d'un enfant, mais elle n'en entretenait pas moins son appartement aussi bien, sinon mieux, que la meilleure ménagère.

— Cela date probablement d'un des deux maris.

— Mais qu'est-ce que l'arme est devenue ? Tu penseras à donner ce papier au laboratoire afin qu'il analyse le corps gras. Je suis sûr d'avance de la réponse.

Ils entendaient une sonnerie et Maigret cherchait malgré lui un téléphone.

— C'est la porte d'entrée, dit Janvier.

Il alla ouvrir à un Lapointe qui paraissait exténué.

— Tu as vu tous les locataires ?

— Tous ceux qui étaient chez eux. Le plus fort, c'est qu'ils me laissaient à peine poser des questions. C'était eux qui m'en posaient. Comment est-elle morte ? De quelle arme s'est-on servi ? Pourquoi n'a-t-on pas entendu de coups de feu ?

— Raconte.

— L'appartement juste au-dessus de celui-ci est habité par un célibataire d'une soixantaine d'années qui est, paraît-il, un historien assez connu. J'ai vu des livres de lui dans sa bibliothèque. Il sort peu. Il possède un petit chien, et une gouvernante vient chaque matin pour faire le ménage et préparer les repas. Je dis gouvernante parce que c'est le mot qu'il a employé. Je l'ai vue. On l'appelle Mlle Elise et elle est pleine de dignité.

» C'est presque aussi vieillot qu'ici, avec plus de goût. A certain moment, il m'a dit :

» — Si seulement elle ne s'était pas acheté cette sacrée télévision ! Elle la fait marcher presque tous les soirs jusqu'à onze heures. Moi qui me lève à six heures du matin pour aller faire ma promenade...

Et Lapointe ajouta :

— Il ne lui a jamais adressé la parole. Il y a vingt ans qu'il vit dans la maison. Quand ils se croisaient dans l'escalier, il se contentait de la saluer. Il se souvient du mari car lui aussi était bruyant. Il paraît qu'il a un atelier avec des quantités d'outils et que le soir on l'entendait clouer, scier, raboter, que sais-je ?

— L'appartement d'en face ?

— Je n'ai trouvé personne. Je suis descendu me renseigner chez la concierge. C'est un jeune ménage. L'homme travaille comme ingénieur du son dans une affaire de cinéma et la femme est monteuse dans la même affaire. Ils dînent le plus souvent en ville et rentrent tard. Ils se lèvent tard aussi, car leur travail commence à midi.

— Le troisième étage ?

Lapointe consulta ses notes.

— Les Lapin. Je n'ai vu que la grand-mère et le bébé. La femme travaille dans une chemiserie de la rue de Rivoli et le mari est courtier en assurances. Il voyage beaucoup.

— L'autre appartement ?

— Attendez ! J'ai interrogé la grand-mère et elle m'a dit :

» — Non, monsieur, je ne la fréquentais pas. Cette femme était trop maligne pour moi. La preuve, la façon dont elle s'y est prise avec ses deux maris. Je suis veuve, moi aussi. Est-ce que je me suis remariée ? Est-ce que j'ai continué à vivre avec un autre homme dans le même appartement, avec les mêmes meubles ?

Lapointe en revenait à son calepin.

— Le père Raymond. Je ne sais pas à quel ordre il appartient. Il est très âgé et il ne quitte pratiquement pas son appartement. Il ignorait l'existence de Léontine Antoine, ex-Léontine de Caramé...

» Je passe à l'étage au-dessus. Un apparte-

56

ment vide, qui sera occupé dans quinze jours. On est en train de le repeindre et de le remettre autant que possible à neuf. Un couple qui a environ la quarantaine et deux enfants au lycée.

» J'ai vu le vieillard chez qui la concierge fait le ménage. Il circule dans une chaise roulante qu'il manie avec une habileté extraordinaire. Je croyais trouver un homme abattu, revêche, et j'ai trouvé au contraire un être plein de bonne humeur.

» — Ainsi, on l'a tuée ! s'est-il exclamé. Il ne s'était jamais rien passé dans la maison depuis cinquante ans, sinon davantage. Enfin, nous avons un bel assassinat ! Sait-on qui a fait le coup ? Je suppose qu'il n'est pas question d'un crime passionnel ?

Lapointe ajoutait :

— Cela le faisait rire. Il jubilait. S'il avait pu descendre, il aurait sans doute demandé la permission de visiter les lieux.

» Une bonne femme, en face, Mme Blanche, qui a une soixantaine d'années et qui travaille comme caissière dans une brasserie. Je ne l'ai pas vue car elle ne rentre qu'à minuit.

Tout un petit monde qui vivait ainsi côte à côte. La vieille dame du premier avait été assassinée et cela produisait peu de remous.

— Comment l'a-t-on tuée ?

— Qui a fait le coup ?

— Pourquoi n'a-t-elle pas appelé ?

La plupart se saluaient vaguement dans l'escalier mais ils ne s'adressaient pas la parole. Chacun dans sa case, porte bien close.

— Tu vas rester ici jusqu'à ce que je t'envoie quelqu'un pour te relayer, dit Maigret à Janvier. Cela peut paraître ridicule, mais j'ai l'impression que l'homme ou la femme qui a tant fouillé l'appartement pourrait fort bien revenir.

— Envoyez Torrence, s'il est libre. Il adore la télévision.

Maigret emporta la feuille de papier tachée d'huile ou de graisse. Quai des Orfèvres, il monta directement sous les combles, où Moers dirigeait les laboratoires.

— Vous voulez faire examiner cette tache ?

Moers renifla, regarda Maigret comme pour dire que c'était facile, alla porter la feuille à un des spécialistes occupés dans l'immense pièce au plafond en pente.

— C'est bien ce que je pensais. De la graisse à fusil.

— Il me faudra une analyse officielle, car c'est le seul indice que nous possédions jusqu'ici. Cette graisse est là depuis long-temps ?

— Mon homme vous le dira mais il lui faut un peu plus de temps.

— Merci. Faites-moi porter les résultats.

Il descendit dans son bureau d'où il passa dans le bureau des inspecteurs. Torrence s'y trouvait, ainsi que Lapointe qui rédigeait déjà son rapport d'après les notes prises dans son carnet.

— Dites-moi, Torrence. Vous avez faim ?

Le gros Torrence paraissait ahuri.

— A cinq heures de l'après-midi ?

— Vous n'aurez sans doute pas le temps de

manger plus tard. Vous allez vous restaurer, ou acheter des sandwichs. Vous irez quai de la Mégisserie et vous remplacerez Janvier dans l'appartement du premier étage. Je vous ferai relayer demain matin à la première heure. Vous trouverez les clés sur la table ronde du salon.

» Méfiez-vous, car l'assassin possède une clé aussi, de sorte qu'il n'a pas eu à forcer la porte.

— Vous croyez qu'il reviendra ?

— Cette affaire est tellement bizarre que tout est possible.

Maigret appela le docteur Forniaux.

— Vous avez eu le temps de pratiquer l'autopsie ?

— J'allais dicter mon rapport. Savez-vous que cette femme-là, bâtie comme elle l'était, aurait été capable de faire une centenaire ? Elle a des organes en aussi bon état qu'une jeune fille.

» Elle a été étouffée, comme je l'ai pensé tout de suite. Je crois pouvoir ajouter que c'est avec une écharpe ou un tissu contenant des fils rouges, car j'ai trouvé un de ces fils entre les dents. Elle a essayé de mordre. Elle s'est certainement débattue avant de succomber au manque d'oxygène.

— Je vous remercie, toubib. J'attends votre rapport.

— Vous l'aurez demain par le premier courrier.

Léontine Antoine ne buvait pas, car il n'y avait ni vin ni alcool dans l'appartement. Elle mangeait beaucoup de fromage. C'étaient des détails qui revenaient à l'esprit du commissaire tandis qu'il regardait le trafic sur le pont Saint-Michel. Un train de péniches passait sous le pont, tiré par un remorqueur portant un immense trèfle blanc peint sur sa cheminée.

Le ciel était d'un rose légèrement bleuté, les feuilles des arbres d'un vert encore tendre, et les oiseaux pépiaient à l'envi.

C'est à ce moment que le sergent de ville qui, le premier, avait remarqué la vieille dame demanda à être reçu par le commissaire.

— Je ne sais pas si cela vous intéresse. Je viens de voir la photographie dans le journal. Cette femme-là, je la connais. Je veux dire que je l'ai déjà vue il y a presque une semaine. J'étais de garde au portail. Elle a rôdé assez longtemps sur le trottoir en regardant les fenêtres, puis la cour. J'ai cru qu'elle allait m'adresser la parole mais elle est partie sans rien dire.

» Elle est revenue le lendemain et elle s'est enhardie jusqu'à mettre les pieds dans la cour. Je ne suis pas intervenu. J'ai pensé que c'était une touriste comme il y en a tant...

» Le jour d'après, je n'étais pas de garde mais Lecœur, qui me remplaçait, l'a vue entrer dans la cour et se diriger sans hésiter vers la porte de la P.J. Il ne lui a pas demandé sa convocation, tant elle avait l'air déterminé.

— Je vous remercie. Faites-moi un rapport. Lecœur aussi.

Ainsi donc, elle avait rôdé autour de la P.J. avant de se décider à demander le commissaire Maigret. Celui-ci lui avait envoyé

Lapointe qu'elle avait pris un moment pour son fils.

Cela ne l'avait pas empêchée, plus tard, d'attendre le commissaire sur le trottoir.

Le vieux Joseph frappait à la porte, on connaissait sa façon de faire, et il ouvrait avant de recevoir une réponse.

Il tendit une fiche où on lisait : *Billy Louette.*

Or, la masseuse avait affirmé quelques heures plus tôt que son fils se trouvait quelque part sur la Côte d'Azur.

— Faites entrer, Joseph.

3

— Je suppose que vous m'avez cherché ?

— Pas encore. Votre mère m'a dit que vous étiez sur la Côte d'Azur.

— Ce que ma mère raconte, vous savez !... Je peux fumer ?

— Si vous en avez envie.

Le jeune homme n'était pas impressionné de se trouver à la P.J. et il regardait Maigret comme un fonctionnaire quelconque.

Ce n'était pas chez le jeune homme du défi ni de l'ostentation. Il avait les cheveux assez longs, des cheveux roux, mais ce n'était pas un hippie. Sur une chemise à carreaux, il portait une veste de daim. Ses pantalons étaient en velours beige et il était chaussé de mocassins.

— Quand j'ai lu dans le journal ce qui est arrivé à ma tante, j'ai tout de suite pensé que vous chercheriez à me voir.

— Je suis content que vous soyez venu.

Il ne ressemblait pas du tout à la masseuse. Alors qu'elle était grande et forte, avec des épaules d'homme, il était petit et plutôt maigre, avec des yeux pervenche. Maigret s'était assis à son bureau et lui avait désigné le fauteuil en face de lui.

— Je vous remercie. Qu'est-ce qui est arrivé au juste à la vieille ? Les journaux n'en disent pas grand-chose.

— Ils disent ce que nous savons : qu'elle a été assassinée.

— On a volé quelque chose ?

— Apparemment non.

— D'ailleurs, elle ne gardait jamais beaucoup d'argent chez elle.

— Comment le savez-vous ?

— J'allais la voir de temps en temps.

— Quand vous étiez fauché ?

— Bien entendu. Autrement, qu'est-ce que je serais allé lui raconter ? Mes histoires ne l'intéressaient pas.

— Elle vous donnait de l'argent ?

— D'habitude, un billet de cent francs, mais il ne fallait pas que je revienne trop souvent.

— Vous êtes musicien, m'a-t-on dit ?

— Je suis guitariste, c'est vrai. Je fais partie d'une petite formation qui s'appelle les Mauvais Garçons.

— Cela vous permet de gagner votre vie ?

— Il y a des hauts et des bas. Parfois nous sommes engagés dans une boîte importante et d'autres fois nous jouons dans les cafés. Qu'est-ce que ma mère vous a dit de moi ?

— Rien de particulier.

— Voyez-vous, ce n'est pas l'amour maternel qui l'étouffe. D'abord, nous n'avons pas du tout le même caractère. Ma mère ne pense qu'à l'argent, à ses vieux jours, comme elle dit, et elle met des sous de côté. Elle se priverait de manger, si c'était possible, pour en amasser davantage.

— Elle avait de l'affection pour votre tante ?

— Elle ne pouvait pas la sentir. Je l'ai entendue soupirer :

» — Elle ne crèvera donc jamais, celle-là ?

— Pourquoi désirait-elle sa mort ?

— Pour hériter, parbleu. La vieille femme, avec la pension de ses deux maris, devait avoir amassé un joli magot.

» Moi, je l'aimais bien. Et je crois qu'elle m'aimait bien aussi. Elle insistait toujours pour me faire du café et pour me servir des gâteaux secs.

» — Tu ne dois pas manger tous les jours, n'est-ce pas ? Pourquoi ne choisis-tu pas un bon métier ?

» Ma mère aussi aurait voulu que j'apprenne un métier. Elle avait même choisi pour moi alors que j'avais à peine quinze ans... Elle souhaitait que je devienne orthopédiste.

» — Il en manque tellement qu'on doit parfois attendre un mois pour obtenir un rendez-vous. C'est une profession qui rapporte et qui n'est pas désagréable.

— Quand êtes-vous allé voir votre grand-tante pour la dernière fois ?

— Il y a environ trois semaines. Nous étions allés à Londres en stop. Nous espérions trouver un engagement mais ils sont meilleurs que nous et ils ont autant de formations qu'ils en veulent. Nous sommes revenus sans un et je suis allé voir la vieille.

— Elle vous a donné vos cent francs ?

— Oui. Et mes gâteaux secs.

— Où habitez-vous ?

— Je change assez souvent. Quelquefois je suis avec une fille et d'autres fois je vis seul. C'est le cas actuellement. J'occupe une chambre meublée dans un petit hôtel de la rue Mouffetard.

— Et vous travaillez ?

— Plus ou moins. Vous connaissez le Bongo ?

Maigret fit signe que non. Le jeune homme paraissait surpris que quelqu'un ne connût pas le Bongo.

— C'est un petit café-restaurant place Maubert. Le patron est auvergnat et il a vite compris ce qui se passait dans le quartier. Il attire les hippies en les laissant parfois boire à l'œil. Moyennant le dîner et quelques francs, il accueille aussi des artistes. C'est notre cas. Nous passons deux ou trois fois par soirée. Il y a aussi Line, une fille qui chante d'une façon extraordinaire.

» Cela attire les clients. Ils viennent voir de près les fameux hippies et ils ne nous croient pas quand nous leur disons que nous ne prenons pas de marihuana ni de haschisch.

— Vous comptez rester musicien ?

— Je l'espère bien. Il n'y a que ça qui compte pour moi. J'ai même commencé à composer mais je n'ai pas encore trouvé ma forme. Ce que je peux vous dire, en tout cas, c'est que je n'ai pas tué la vieille. D'abord, ce n'est pas mon genre de tuer les gens. Ensuite,

je savais que je serais tout de suite soupçonné.

— Vous aviez la clé de l'appartement ?

— Qu'est-ce que j'en aurais fait ?

— Où étiez-vous hier vers six heures de
l'après-midi ?

— Dans mon lit.

— Seul ?

— J'étais enfin seul, oui. Nous avions passé
presque toute la nuit au Bongo. J'avais levé
une fille qui paraissait sympa. C'était une
Nordique, une Danoise ou une Suédoise.
Nous avons beaucoup bu. Au petit matin, je
l'ai emmenée, et ce n'est pas avant trois heures de l'après-midi que j'ai pu m'endormir.

» Plus tard, j'ai senti qu'elle sortait du lit et
j'ai entendu des bruits. Je ne me suis pas
réveillé tout à fait mais j'ai senti que le lit était
vide à côté de moi.

» J'étais moulu, vidé, avec la gueule de bois
en plus, et je ne me suis levé qu'après neuf
heures.

— En somme, personne ne vous a vu entre
mettons cinq heures et huit heures ?

— C'est exact.

— Vous pourriez retrouver cette fille ?

— Si elle n'est pas ce soir au Bongo, elle
sera dans une autre boîte du quartier.

— Vous la connaissiez ?

— Non.

— C'est donc une nouvelle ?

— Cela ne se passe pas comme vous
croyez. On va, on vient. Je vous ai dit que
nous étions allés à Londres. Nous sommes

aussi allés à Copenhague, en stop, et partout on se fait tout de suite des copains.

— Vous savez son nom ?

— Seulement son prénom : Hilda. Je sais aussi que son père est un fonctionnaire assez important.

— Quel âge a-t-elle ?

— Vingt-deux ans, à ce qu'elle m'a dit. Je ne sais plus avec qui elle avait rendez-vous, sinon elle serait peut-être restée avec moi des semaines. C'est ainsi que cela se passe. Puis on se sépare, la plupart du temps sans savoir pourquoi. On reste copains.

— Parlez-moi de vos rapports avec votre mère.

— Je vous ai déjà dit qu'on ne s'entendait pas tous les deux.

— C'est cependant elle qui vous a élevé ?

— Elle n'y tenait pas et c'est une des raisons pour lesquelles elle en a toujours voulu à la vieille. Elle espérait que celle-ci s'occuperait de moi. Comme elle travaillait, elle me conduisait chaque matin dans une crèche et elle venait me rechercher le soir. Ensuite, cela a été la même chose avec l'école.

» Cela ne lui plaisait pas d'avoir un enfant et cela la gênait surtout quand elle recevait des hommes.

— Elle en recevait beaucoup ?

— Cela dépendait des moments. Pendant six mois, nous avons vécu avec un homme que je devais appeler papa et qui restait la plupart du temps à la maison...

— Il ne travaillait pas ?

— Soi-disant, il était voyageur de commerce mais il ne voyageait guère. D'autres fois, j'entendais du bruit pendant la nuit et le lendemain je ne retrouvais plus personne. Presque toujours des hommes plus jeunes qu'elle, surtout les derniers temps.

» Il y a une quinzaine de jours, je l'ai rencontrée boulevard Saint-Germain avec un type que j'ai vu assez souvent dans les boîtes et qu'on appelle le Grand Marcel.

— Vous le connaissez ?

— Pas personnellement, mais il a la réputation d'être un maquereau. Il ne faut pas oublier qu'elle prend de la bouteille.

Il était à la fois cynique et candide.

— Remarquez que je ne soupçonne pas ma mère d'avoir tué la vieille. Elle est comme elle est. Moi aussi, je suis comme je suis, et je ne pourrais pas changer. Peut-être que je deviendrai une vedette et peut-être ne serai-je qu'un raté comme il y en a plein à Saint-Germain. Vous avez d'autres questions à me poser ?

— Il y en a sans doute beaucoup, mais elles ne me viennent pas à l'esprit. Vous êtes content de votre sort ?

— La plupart du temps, oui.

— Vous n'auriez pas préféré devenir orthopédiste, comme votre mère le voulait ? Vous seriez sans doute marié à présent et vous auriez des enfants.

— Cela ne me tente pas. Peut-être plus tard.

— Quel effet cela vous a-t-il fait d'apprendre que votre grand-tante était morte ?

— J'ai eu un pincement au cœur. Je ne la connaissais pas beaucoup. Pour moi, elle était une très vieille femme qui aurait dû être enterrée depuis longtemps. Mais je l'aimais bien quand même. J'aimais surtout ses yeux, son sourire.

» — Mange, me disait-elle.

» Et elle me regardait manger mes gâteaux secs avec une sorte d'attendrissement. En dehors de ma mère, je représentais toute sa famille.

» — Tu ne veux vraiment pas te faire couper les cheveux ?

» C'était ce qui la tracassait le plus.

» — Cela te donne l'air de ce que tu n'es pas. Car, dans le fond, tu es un bon garçon.

» Quand ont lieu les obsèques ?

— Je ne le sais pas encore. Laissez-moi votre adresse et je vous préviendrai. Sans doute dans deux jours. Cela dépendra en partie du juge d'instruction.

— Vous croyez qu'elle a souffert ?

— Elle s'est à peine débattue. Vous avez une écharpe de laine rouge ou avec des dessins rouges ?

— Je ne porte jamais d'écharpe. Pourquoi me demandez-vous ça ?

— Pour rien. Je cherche. Je tâtonne.

— Vous n'avez pas de soupçons ?

— Pas de soupçons précis.

— Cela pourrait être un crime crapuleux ?

— Pourquoi aurait-on choisi Mme Antoine et se serait-on attaqué à elle dans un immeuble plein comme un œuf ? L'assassin cherchait quelque chose.

— De l'argent ?

— Je n'en suis pas sûr. S'il la connaissait, il

n'ignorait pas qu'elle ne gardait chez elle que de très petites sommes. Ensuite, il a visité plusieurs fois l'appartement en l'absence de la vieille femme. Savez-vous si elle possédait un ou des objets de valeur ?

— Il y avait bien des bijoux, mais ils ne valaient pas lourd. C'étaient des bijoux modestes que lui avaient offerts ses deux maris.

Maigret les avait trouvés. Une bague ornée d'un grenat avec des boucles d'oreilles assorties. Un bracelet en or et une petite montre en or également.

Dans la même boîte se trouvait une épingle de cravate avec une perle qui avait dû appartenir à Caramé, comme les boutons de manchettes en argent. Tout cela était démodé et n'avait pratiquement aucune valeur marchande.

— Elle ne possédait pas de documents ?

— Qu'est-ce que vous appelez des documents ? C'était une vieille femme toute simple, qui avait vécu une existence tranquille, d'abord avec son premier mari puis, plus tard, avec le second. Je n'ai pas connu Caramé, qui est mort peu avant ma naissance, mais j'ai connu l'autre, Joseph Antoine, qui était un brave homme...

Maigret se levait en soupirant.

— Vous allez souvent chez votre mère ?

— Presque jamais.

— Vous ignorez si elle vit seule en ce moment ou si le M. Marcel dont vous m'avez parlé habite chez elle ?

— Je l'ignore, en effet.

— Je vous remercie d'être venu, monsieur Louette. Il est possible qu'un de ces soirs j'aille vous écouter.

— La meilleure heure, c'est vers onze heures.

— C'est une heure à laquelle j'ai l'habitude de me trouver dans mon lit.

— Je reste suspect ?

— Jusqu'à preuve du contraire, tout le monde est suspect, mais vous ne l'êtes pas plus que n'importe qui d'autre.

Maigret referma la porte sur le jeune homme et alla s'accouder à la fenêtre. Le soir tombait. Les contours devenaient moins nets. Il avait appris beaucoup de choses, mais elles ne lui servaient à rien.

Qu'est-ce qu'on pouvait chercher chez la vieille femme du quai de la Mégisserie ?

Elle vivait depuis plus de quarante ans dans le même appartement. Elle avait eu un premier mari qui n'avait rien de mystérieux, puis elle était restée veuve pendant près de dix ans.

Son second mari, lui non plus, ne semblait pas poser de problèmes. Il y avait des années qu'il était mort, qu'elle menait une existence monotone sans voir personne en dehors de sa nièce et de son petit-neveu.

Pourquoi n'avait-on pas cherché à pénétrer chez elle plus tôt ? Est-ce que ce qu'on cherchait n'était là que depuis peu de temps ?

Il haussa les épaules, grogna et se dirigea vers le bureau des inspecteurs.

— A demain, les enfants.

Il rentra chez lui en autobus en pensant qu'il faisait un drôle de métier. Il regardait ses voisins anonymes et se disait que d'une heure à l'autre il pourrait avoir à se pencher sur l'existence de l'un d'eux.

Le rouquin aux cheveux longs lui était plutôt sympathique, alors qu'il était curieux de poser à sa mère des questions indiscrètes.

Mme Maigret ouvrit la porte dès qu'il atteignit le palier, comme toujours.

— Tu parais préoccupé.

— Il y a de quoi. Je me débats dans une affaire à laquelle je ne comprends rien.

— L'assassinat de la vieille femme ?

Elle avait lu le journal, bien entendu, et elle avait entendu la radio.

— Tu l'as vue vivante ?

— Oui.

— Qu'est-ce que tu as pensé d'elle ?

— Je me suis dit que c'était une folle, ou une demi-folle. Un petit être tout menu, tout fragile, qui me suppliait de m'occuper d'elle comme si j'étais le seul être au monde à pouvoir l'aider.

— Tu as fait quelque chose ?

— Je ne pouvais pas la faire protéger nuit et jour par un inspecteur.

» Tout ce dont elle se plaignait c'était, certains jours, en rentrant chez elle, de ne pas trouver les objets à leur place exacte.

» J'avoue que j'ai cru qu'elle se faisait des idées ou qu'elle perdait la mémoire. Je me promettais cependant d'aller la voir, davantage pour la rassurer que pour autre chose. Hier, elle a dû rentrer plus tôt que d'habitude et son visiteur ou sa visiteuse était encore dans l'appartement.

» Il a suffi de lui tenir une écharpe ou un tissu quelconque sur le visage pour l'étouffer...

— Elle a de la famille ?

— Elle n'a plus qu'une nièce et un petit-neveu. Je les ai vus tous les deux. La nièce est grande et forte comme un homme. Elle fait le métier de masseuse. Le jeune homme, au contraire, est petit, maigre et roux, et joue de la guitare dans une boîte de la place Maubert.

— On n'a rien volé ?

— C'est impossible de le savoir. Le seul indice, si l'on peut parler d'indice, c'est que le tiroir de la table de nuit a contenu un revolver et que celui-ci n'y est plus.

— On ne tue pas une vieille femme, de sang-froid, pour un revolver. On ne fouille pas non plus l'appartement plusieurs fois pour mettre la main dessus.

— Mangeons !

Ils dînèrent en tête à tête devant la fenêtre ouverte, sans faire marcher la télévision. Il faisait très doux. L'air était immobile, s'imprégnant peu à peu d'une agréable fraîcheur, et c'est à peine si on entendait le frémissement des feuilles dans les arbres.

— Comme tu n'es pas rentré à midi, je t'ai réchauffé le ragoût d'agneau.

— Tu as bien fait.

Il mangeait avec appétit mais son esprit était ailleurs. Il revoyait la vieille dame en gris sur le trottoir du quai des Orfèvres et le regard vibrant de confiance et d'admiration qu'elle posait sur lui.

— Si tu ne pensais plus à ça cc soir ?

— Je le voudrais bien. C'est malgré moi. J'ai horreur de décevoir les gens et, en l'occurrence, la pauvre vieille y a laissé sa vie.

— Tu ne voudrais pas faire une promenade ?

Il dit oui. Il n'avait pas envie de rester toute la soirée enfermé dans l'appartement. En outre, pendant une enquête, il avait l'habitude — on aurait pu dire la manie — de répéter chaque jour les mêmes gestes.

Ils descendirent vers la Bastille où ils s'assirent à une terrasse. Un guitariste chevelu jouait en se faufilant entre les tables tandis qu'une fille aux yeux très sombres tendait une soucoupe aux consommateurs.

Bien entendu, cela le fit penser au rouquin à qui il devait arriver, les jours de mouise, de faire le tour des cafés.

Maigret se montra plus généreux que les autres fois et sa femme le remarqua. Elle ne lui dit rien, se contenta de sourire, et ils passèrent un bon moment à regarder devant eux les lumières de la nuit.

Il fumait lentement, à petites bouffées. Un instant, il fut tenté de se rendre au Bongo. Mais pour quoi faire ? Qu'apprendrait-il de plus que ce qu'il savait déjà ?

Les locataires de la maison, quai de la Mégisserie, étaient suspects aussi. L'un ou l'autre d'entre eux pouvait connaître la vieille dame plus qu'il ne l'avouait. Il était facile de prendre l'empreinte de la serrure et de faire faire une fausse clé.

Pourquoi ? C'était la question qui revenait sans cesse à l'esprit de Maigret. Pourquoi ?

Pourquoi, d'abord, ces visites répétées ? Pas pour le peu d'argent qu'il y avait dans l'appartement, quelques centaines de francs faciles à trouver dans le tiroir de la commode. Or, on n'y avait pas touché. Maigret avait retrouvé les billets glissés dans le livret de Caisse d'Epargne.

— Demain, je ferai faire une enquête sur les deux maris.

Cela paraissait ridicule. D'autant plus que le second était mort depuis plusieurs années.

Il y avait un secret quelque part, un secret assez important pour qu'on sacrifie un être humain.

— Nous marchons ?

Il avait bu un petit verre de calvados et il faillit en commander un second. Cela n'aurait pas fait plaisir à son ami Pardon qui l'avait mis en garde contre toute boisson alcoolique.

— On supporte le vin et l'alcool pendant des années, puis vient un âge où l'organisme ne les tolère plus.

Il haussa les épaules et se faufila entre les guéridons. Sur le trottoir, Mme Maigret accrocha son bras au sien. Le boulevard Beaumarchais. La rue Servan. Puis le boulevard Richard-Lenoir et leur bon vieil appartement.

Contrairement à ce qu'il craignait, il s'endormit presque tout de suite.

Il ne se passa rien quai de la Mégisserie au cours de la nuit et le gros Torrence put dormir tout son saoul dans le fauteuil de la vieille femme. A huit heures du matin, Lourtie était allé le remplacer et avait trouvé un reporter en grande conversation avec la concierge.

Un Maigret lourd et grognon poussa, à neuf heures, la porte des inspecteurs, fit signe à Janvier et à Lapointe de le suivre.

— Au fait, Lucas, viens donc aussi.

Il s'assit devant son bureau et choisit une pipe comme si ce choix était très important.

— Voilà, mes enfants. Nous ne sommes pas plus avancés qu'hier matin. Faute de trouver quoi que ce soit dans le présent, nous allons fouiller un peu le passé. Toi, Lucas, tu vas aller au Bazar de l'Hôtel de Ville, au rayon des articles de jardinage et de petit outillage. Des vendeurs qui étaient débutants du temps du père Antoine doivent encore travailler dans l'établissement.

» Pose-leur toutes les questions que tu voudras. J'aimerais en savoir autant que possible sur le bonhomme, sur sa mentalité, sur sa façon de vivre, etc.

— Compris, patron. Ne vaudrait-il pas mieux que je demande une autorisation à la direction ? Elle n'osera pas la refuser et les employés se sentiront plus à l'aise que si je vais en quelque sorte leur parler en fraude.

— D'accord. Quant à toi, Janvier, tu iras à l'Hôtel de Ville et tu feras la même chose en ce qui concerne Caramé. Ce sera plus difficile, parce qu'il est mort depuis plus longtemps. Si ceux qui l'ont connu sont déjà à la retraite, prends leur adresse et va les trouver chez eux.

De la routine, bien sûr, mais il arrive que la routine paie.

— Quant à toi, Lapointe, tu viens avec moi.

Dans la cour, le jeune inspecteur demanda :

— On prend une voiture ?

— Non. Nous allons juste de l'autre côté du pont. Rue Saint-André-des-Arts. Cela prendrait plus longtemps en voiture.

L'immeuble était vieux, comme celui du quai de la Mégisserie et comme tous les immeubles du quartier. A droite de la porte, il y avait un encadreur, à gauche une pâtisserie. La porte vitrée de la loge s'ouvrait dans le couloir qui aboutissait à une cour.

Maigret entra chez la concierge et dit à celle-ci qui il était. C'était une petite bonne femme rougeaude et grassouillette qui, enfant, devait avoir eu des fossettes et qui en avait encore quand elle souriait.

— Je pensais bien que quelqu'un de la police viendrait.

— Pourquoi ?

— Quand j'ai lu ce qui est arrivé à cette pauvre vieille dame, j'ai pensé qu'une de mes locataires était sa nièce.

— Vous parlez d'Angèle Louette ?

— Oui.

— Elle vous a parlé de sa tante ?

— Elle n'est pas très causante mais il lui arrive quand même de s'arrêter dans la loge et d'échanger quelques mots avec moi. Une fois, on parlait des mauvais payeurs. Elle m'a dit qu'elle en avait même dans sa clientèle et qu'elle n'osait pas trop insister parce que c'étaient des gens importants.

» — Heureusement qu'un jour j'hériterai de ma tante !

» Elle a dit ça tel quel. Elle m'a raconté que celle-ci avait eu deux maris, qu'elle touchait les deux pensions et qu'elle avait dû mettre de l'argent de côté.

— Elle reçoit beaucoup ?

La concierge parut embarrassée.

— Que voulez-vous dire ?

— A-t-elle des amies qui viennent la voir ?

— Des amies, non.

— Des clientes ?

— Elle ne travaille pas ici. Elle va chez les gens.

— Elle reçoit des hommes ?

— Après tout, je ne vois pas pourquoi je me tairais. Cela lui arrive, oui. Il y en a même un qui est resté avec elle près de six mois. Il avait dix ans de moins qu'elle et c'était lui qui allait au marché et qui faisait le ménage.

— Elle est chez elle en ce moment ?

— Elle est sortie il y a près d'une heure, car elle commence sa tournée de bon matin. Mais il y a quelqu'un là-haut.

— Un de ses visiteurs habituels ?

— Je ne sais pas. Elle est rentrée assez tard hier au soir. Quand j'ai donné le cordon, j'ai entendu les pas de deux personnes. Or, je n'ai vu personne redescendre.

— Cela arrive souvent ?

— Pas souvent, mais de temps en temps.

— Et son fils ?

— Il ne vient pour ainsi dire jamais. Il y a des mois que je ne l'ai pas vu. Il a l'air un peu hippie, mais je crois que c'est un bon garçon.

— Je vous remercie. Nous allons jeter un coup d'œil là-haut.

Il n'y avait pas d'ascenseur. L'appartement donnait sur la cour. La porte n'était pas fermée à clé et Maigret entra, suivi de Lapointe, se trouva dans un living-room meublé d'une façon assez moderne, dans le goût des grands magasins.

N'entendant aucun bruit, il poussa une porte et, dans un lit de deux personnes, il trouva un homme qui ouvrait les yeux et qui le regardait avec ahurissement.

— Qu'est-ce que c'est ? Qu'est-ce que vous me voulez ?

— Je désirais rencontrer Angèle Louette mais, puisque je vous ai sous la main...

— Est-ce que vous n'êtes pas...

— Le commissaire Maigret, oui. Et nous nous sommes déjà rencontrés, il y a longtemps. A cette époque-là, vous étiez barman rue Fontaine. Le Grand Marcel, comme on vous appelait.

— On m'appelle toujours ainsi. Cela vous ennuierait de me laisser une minute, que je passe un pantalon, car je suis tout nu.

— Ne vous gênez pas.

Il avait un grand corps maigre et osseux. Il enfila vivement son pantalon, chercha ses pantoufles qui se trouvaient sous le lit.

— Vous savez, avec Angèle, ce n'est pas ce que vous croyez. Nous sommes de bons amis. Nous avons passé hier la soirée ensemble et je ne me suis pas senti très bien. Alors, au lieu de traverser tout Paris pour rentrer chez moi, boulevard des Batignolles...

— Bien sûr. Et, comme par hasard, vous avez trouvé ici vos pantoufles.

Maigret ouvrit un placard. Deux costumes d'homme s'y trouvaient ainsi que plusieurs chemises, des chaussettes et des caleçons.

— Bon ! Maintenant, racontez.

— Je peux me faire une tasse de café ?

Maigret le suivit dans la cuisine où le Grand Marcel se préparait du café comme s'il en avait l'habitude.

— Il n'y a rien à raconter. J'ai eu des hauts et des bas, vous le savez bien. Je n'ai jamais été souteneur, comme on a essayé de le faire croire. D'ailleurs, on a été bien obligé de me relâcher.

— Quel âge avez-vous ?

— Trente-cinq.

— Et elle ?

— Je ne sais pas au juste. Elle doit approcher des cinquante. Peut-être qu'elle les a.

— Le grand amour, en somme ?

— Nous sommes de bons copains. Elle ne peut pas se passer de moi. Quand je reste une semaine sans venir, elle essaie de me trouver dans tous les endroits que je fréquente.

— Où étiez-vous avant-hier en fin d'après-midi ?

— Avant-hier ? Attendez ! Je n'étais pas très loin d'ici, car j'avais rendez-vous avec Angèle à sept heures.

— Elle ne m'en a pas parlé.

— Elle n'y aura pas pensé. Nous devions dîner ensemble. J'ai pris l'apéritif à la terrasse d'un café du boulevard Saint-Germain.

— Elle est venue à sept heures ?

— Elle était peut-être un peu en retard. Oui. Elle était même très en retard. Une cliente qui l'avait fait attendre. Elle est arrivée un peu après sept heures et demie.

— Vous avez dîné ensemble comme prévu ?

— Oui. Ensuite nous sommes allés au cinéma. Vous pouvez contrôler. Le restaurant, c'est Chez Lucio, quai de la Tournelle. Ils me connaissent bien.

— Quelle est votre profession actuelle ?

— A vrai dire, je cherche du travail, mais ce n'est pas facile à trouver en ce moment.

— Elle vous entretient ?

— Vous le faites exprès de chercher des mots blessants, n'est-ce pas ? Simplement parce que, voilà des années, la police m'a accusé à tort. Il lui est arrivé de me prêter un peu d'argent, c'est vrai. Elle-même n'en gagne pas beaucoup.

— Vous comptiez dormir toute la matinée ?

— Elle doit revenir dans quelques minutes, car elle a une heure de battement entre deux rendez-vous. Elle est allée vous voir hier et elle vous a dit tout ce qu'elle sait. Que venez-vous faire ici aujourd'hui ?

— Cela m'a donné l'occasion de vous rencontrer, vous voyez !

— Vous ne pourriez pas aller dans l'autre pièce et me laisser prendre ma douche ?

— Je vous autorise même à vous raser, ironisa Maigret.

Lapointe n'en revenait pas de la découverte qu'ils venaient de faire.

— Il a été arrêté quatre ou cinq fois pour proxénétisme. On l'a soupçonné aussi de servir d'indicateur à la bande des Corses, qui sévissait à Paris il y a quelques années. Mais il est aussi difficile à saisir qu'une anguille et on n'a rien pu prouver.

On entendait des pas dans l'escalier. La porte s'ouvrait. La nièce de Mme Antoine restait figée sur le seuil.

— Entrez donc ! J'étais venu pour vous rendre une petite visite.

Elle regardait vivement la porte de la chambre à coucher.

— Il est là, oui. En ce moment, il prend sa douche, puis il va se raser.

Elle finit par refermer la porte en haussant les épaules.

— Après tout, cela ne regarde que moi, n'est-ce pas ?

— Peut-être.

— Pourquoi dites-vous peut-être ?

— Il se fait que c'est une de mes vieilles connaissances et qu'il a eu jadis des activités que la loi réprouve.

— Vous voulez dire que c'est un voleur ?

— Non. Pas à ma connaissance. Mais, quand il était barman, il avait deux ou trois femmes qui travaillaient pour lui dans le quartier, y compris une qui était entraîneuse dans l'établissement.

— Je ne vous crois pas. D'ailleurs, si c'était vrai, il aurait fait de la prison.

— Il n'en a pas fait, en effet, faute de preuves.

— Cela ne me dit toujours pas ce que vous êtes venu faire ici.

— Je voudrais d'abord vous poser une

question. Hier, vous m'avez parlé de votre fils et vous m'avez dit qu'il se trouvait sur la Côte d'Azur...

— Je vous ai dit que je le croyais.

— En réalité, il n'a pas quitté Paris et nous avons eu ensemble une conversation très intéressante.

— Je sais qu'il ne m'aime pas.

— Comme vous aimiez votre tante, non ?

— J'ignore ce qu'il a pu vous raconter. C'est une tête brûlée. Il ne fera jamais rien de bon.

— Le jour où votre tante est morte, vous aviez rendez-vous, à sept heures, avec le Grand Marcel, à une terrasse du boulevard Saint-Germain.

— S'il vous l'a dit, c'est que c'est vrai.

— A quelle heure êtes-vous arrivée ?

Cela parut la démonter un peu et elle hésita longtemps avant de répondre.

— Une de mes clientes m'a fait attendre. J'ai dû arriver vers sept heures et demie.

— Où avez-vous dîné ?

— Dans un restaurant italien du quai de la Tournelle, Chez Lucio.

— Et ensuite ?

— Nous sommes allés au cinéma Saint-Michel.

— Savez-vous à quelle heure votre tante a été assassinée ?

— Non. Je ne sais que ce que vous m'avez dit.

— Entre cinq heures et demie et sept heures.

— Qu'est-ce que ça change ?

— Vous possédez un revolver ?

— Certainement pas. Je ne saurais pas comment m'en servir.

Le Grand Marcel sortait de la chambre, rasé de frais, en chemise blanche, occupé à nouer une cravate de soie bleue.

— Tu vois, dit-il d'un ton badin. J'ai été éveillé par ces messieurs que j'ai vus soudain dressés au pied du lit. Je me suis demandé un moment si ce n'était pas du cinéma.

— Vous possédez un revolver ? lui demanda Maigret.

— Pas si bête ! C'est le bon moyen de se faire accrocher.

— Quel numéro habitez-vous, boulevard des Batignolles ?

— Au 27.

— Je vous remercie tous les deux de votre coopération. En ce qui concerne votre tante, mademoiselle, vous pouvez faire prendre le corps à l'Institut Médico-Légal et organiser les obsèques pour le jour où il vous plaira.

— Je paierai de ma poche ?

— Cela vous regarde. Puisque vous êtes sa plus proche parente, vous hériterez d'une somme suffisante pour qu'il vous en reste après l'enterrement.

— Comment dois-je faire ? Faut-il m'adresser à un notaire ?

— Adressez-vous à la banque, qui vous renseignera. Si vous ne le savez pas, il y a un livret de Caisse d'Epargne et un carnet de chèques dans le tiroir de la commode.

— Je vous remercie.

— De rien. N'oubliez pas de m'avertir de l'heure des obsèques.

Il avait rarement vu des yeux aussi durs que ceux qui le regardaient. Quant à Marcel, il prenait un air détaché.

— Bonne journée, monsieur Maigret, lui lançait-il avec ironie.

Maigret et Lapointe descendirent et, au coin de la rue, le commissaire entra dans un bar.

— Ces deux-là m'ont donné soif. Un demi, s'il vous plaît. Qu'est-ce que tu prends ?

— La même chose.

— Deux demis.

Maigret s'essuyait le front de son mouchoir.

— Et voilà à quoi on passe son temps quand une vieille dame aux yeux gris meurt de mort violente. On va chez les gens et on leur pose des questions plus ou moins idiotes. Pour le moment, ces deux-là doivent être en train de se moquer de nous.

Lapointe n'osait rien dire. Il n'aimait pas voir le patron de cette humeur-là.

— Remarque que cela arrive au cours de presque toutes les enquêtes. Il y a un moment où la machine tourne à vide, où on ne sait de quel côté se tourner. Puis un événement intervient, un petit rien souvent, auquel on n'attache pas tout de suite d'importance...

— A votre santé.

— A la tienne.

A cette heure encore matinale, la rue était gaie, avec les ménagères qui allaient de boutique en boutique. On n'était pas loin du marché Buci, que Maigret aimait particulièrement.

— Viens.

— Où allons-nous ?

— On rentre. On verra si Lucas et Janvier ont eu plus de chance.

Janvier était rentré, mais pas Lucas.

— Cela a été facile, patron. Son successeur est encore en place et l'a fort bien connu quand il a lui-même débuté.

— Raconte.

— Il n'y a rien à cacher, sinon qu'on l'appelait derrière son dos Sa Majesté Caramé. C'était un homme qui portait beau et qui attachait une grande importance à sa tenue. Il était fier du poste qu'il occupait et il espérait avoir bientôt la Légion d'honneur qu'on lui avait promise. Il profitait de toutes les occasions de se mettre en jaquette, car cela l'avantageait. Son frère était colonel.

— Il vit encore ?

— Il a été tué en Indochine. Il en parlait volontiers. Il disait :

» — Mon frère le colonel...

— C'est tout ?

— C'est tout ce qu'on a pu me dire. On ne lui connaissait pas de vice particulier. Ce qui le chagrinait, c'était de ne pas avoir d'enfant. Un vieil huissier m'a raconté une histoire sans pouvoir me garantir son authenticité...

» Après trois ou quatre ans de mariage, il aurait envoyé sa femme chez un gynécologue et celui-ci aurait demandé à voir le mari. Autrement dit, ce n'était pas elle qui ne pouvait pas avoir d'enfants, mais lui. Dès ce moment-là, il n'a plus parlé de progéniture.

Maigret allait et venait dans son bureau, toujours l'air bourru, et il s'arrêtait parfois devant la fenêtre comme pour prendre la Seine à témoin du mauvais tour qu'on lui jouait.

On frappa à la porte. C'était Lucas, qui avait monté rapidement l'escalier et qui était essoufflé.

— Prends ton temps.

— J'ai trouvé à la quincaillerie un type qui a travaillé directement sous les ordres d'Antoine. Il a maintenant soixante ans et est chef de service.

— Que raconte-t-il ?

— Il paraît qu'Antoine était une sorte de maniaque. Dans le bon sens du mot. C'est-à-dire qu'il avait sa marotte. Quand on lui demandait sa profession, il répondait : inventeur.

» Et c'est vrai qu'il a obtenu un brevet pour un ouvre-boîte perfectionné qu'il a vendu à une fabrique d'articles de ménage. Il a fait d'autres inventions...

— Un appareil à éplucher les pommes de terre.

— Comment le savez-vous ?

— Je l'ai vu quai de la Mégisserie.

— Il avait toujours en tête quelque chose à perfectionner. Il paraît qu'il avait chez lui un atelier dans lequel il passait son temps disponible.

— Je l'ai vu aussi. Il n'a pas fait d'invention plus importante ?

— Pas à la connaissance de l'homme que j'ai rencontré, mais il lui arrivait de dire en hochant la tête d'un air malin :

» — Un jour, je ferai une vraie découverte et tout le monde parlera de moi.

— Il n'était pas plus précis ?

— Non. En dehors de sa manie, c'était un homme plutôt taciturne mais qui faisait son métier en conscience. Il ne buvait pas. Il ne sortait pas le soir. Il avait l'air d'être content de sa femme. Je dis content et non amoureux, étant donné l'âge qu'ils avaient tous les deux. Ils s'entendaient bien, s'estimaient mutuellement. Mon interlocuteur est allé deux fois dîner quai de la Mégisserie où il les a trouvés gentiment installés.

» — Une charmante femme, m'a-t-il dit. Et si distinguée ! La seule chose un peu gênante c'est que quand elle parle on ne sait jamais s'il s'agit de son premier mari ou du second. On aurait dit qu'elle les confondait.

— C'est tout ?

— C'est tout, patron.

— Un détail est certain : c'est qu'il y a eu, il n'y a pas très longtemps, un pistolet dans la table de nuit. Or, ce pistolet a disparu.

» J'ai bien envie d'aller faire un tour boulevard des Batignolles. Tu viens, Lapointe ? Prends une des voitures. Pas celle dont le moteur a des ratés.

Avant de quitter son bureau, il choisit une pipe fraîche.

4

La plaque de marmorite, à la porte du petit hôtel, annonçait : *Chambres meublées à la journée, à la semaine ou au mois. Tout confort.*

La plupart des locataires louaient au mois ct lc confort consistait en une toilette dans chaque chambre et en une salle de bains pour deux étages.

A droite de l'entrée, on trouvait un bureau avec des casiers et des clés qui y pendaient.

— Le Grand Marcel est chez lui ?

— M. Marcel ? Il vient justement de rentrer. Sa voiture est devant la porte.

C'était une voiture décapotable, rouge vif, d'un modèle vieux de plusieurs années. Deux jeunes garçons ne la regardaient pas moins avec envie en supputant la vitesse qu'elle pouvait attcindrc.

— Il y a longtemps qu'il vit ici ?

— Plus d'un an. C'est un locataire bien agréable.

— Il ne couche pas souvent dans sa chambre, si je ne me trompe.

— Il rentre plutôt le matin, étant donné qu'il travaille la nuit. Il est barman dans un cabaret.

— Il ramène des filles ?

— C'est rare. Et moi, cela ne me regarde pas.

Le patron était gras, avec deux ou trois mentons non rasés, et il portait de vieilles pantoufles avachies.

— Quel étage ?

— Au deuxième. La chambre 23. J'espère que vous n'allez pas nous attirer des ennuis. Je vous ai bien reconnu. Et je n'aime pas beaucoup voir la police dans la maison.

— Vous êtes en règle, non ?

— Avec vous autres, on ne sait jamais.

Maigret monta, suivi de Lapointe. Un écriteau, au pied de l'escalier, disait : *Essuyez vos pieds, s.v.p.*

Et il ajoutait en caractères différents, tracés à la main : *Il est interdit de cuisiner dans les chambres.*

Maigret connaissait ça. Cela n'empêchait pas les locataires d'avoir chacun leur réchaud à alcool pour réchauffer les plats qu'ils achetaient tout préparés chez le charcutier le plus proche.

Il frappa au 23, entendit des pas, et la porte s'ouvrit brusquement.

— Tiens ! s'étonna le Grand Marcel. Vous êtes déjà là !

— Vous vous attendiez à notre visite ?

— Quand la police commence à fourrer son nez quelque part, on est presque toujours sûr de la revoir.

— Vous vous préparez à déménager ?

Il y avait une valise sur le lit, une autre par

92

terre. L'ex-barman y entassait ses vêtements et son linge.

— Je mets les bouts, oui. J'en ai assez.

— De quoi ?

— De cette femelle qui aurait dû faire une carrière d'adjudant.

— Vous vous êtes disputés ?

— Un peu. Elle m'a traité de tous les noms parce que j'étais encore au lit quand vous êtes arrivé. Je ne suis pas masseur, moi, et je n'ai pas à aller tripoter les gens à domicile.

— Cela n'explique pas pourquoi vous changez d'hôtel.

— Je ne change pas seulement d'hôtel. Je mets les bouts et je vais à Toulon. Là, j'ai des copains, des vrais, qui me trouveront tout de suite du boulot.

Maigret reconnaissait dans une des valises le complet qu'il avait vu un peu plus tôt dans le placard de la rue Saint-André-des-Arts. L'autre, le Grand Marcel l'avait sur lui. Son nom était Montrond mais on ne l'appelait jamais ainsi et, pour sa logeuse aussi, il était M. Marcel.

— C'est à vous, la voiture rouge qui se trouve devant la porte ?

— Elle ne vaut pas grand-chose. Elle a près de dix ans, mais elle en jette encore un jus.

— Bien entendu vous partez par la route.

— Comme vous dites. A moins que vous vous mettiez en tête de m'en empêcher.

— Pourquoi vous en empêcher ?

— Sait-on jamais, avec les flics ?

— Une question : avez-vous déjà mis les

pieds dans l'appartement du quai de la Mégisserie ?

— Qu'est-ce que je serais allé faire ? Présenter mes hommages à la vieille ?

» — Bonjour, chère madame. Je suis
l'amant de votre nièce. Comme je suis dans
une mauvaise passe, c'est elle qui me fait
vivre, car elle a toujours besoin d'un homme.
C'est une fameuse garce et il ne faut pas lui en
promettre.

Il continuait ses bagages, cherchant les
objets qu'il pouvait avoir oubliés dans les
tiroirs. Il retira de l'un d'eux un appareil photographique. Il avait aussi un tourne-disque.

— Et voilà ! Je n'attends plus que votre
départ pour m'en aller.

— Y a-t-il une adresse à laquelle on puisse
vous joindre, à Toulon ?

— Vous n'avez qu'à m'écrire au bar de
l'Amiral, quai de Stalingrad. Au nom de Bob,
le barman, qui est un vieux copain. Vous
croyez que vous aurez encore besoin de moi ?

— On ne sait jamais.

Avant que les valises soient fermées, Maigret y passa les mains mais ne découvrit rien
de compromettant.

— Combien en avez-vous soutiré ?

— Au gendarme ? Cinq cents francs. Et
encore, en lui promettant de revenir bientôt.
On ne sait jamais ce qu'elle veut. Tantôt elle
me traite de moins que rien et elle me flanque
à la porte. Quelques minutes plus tard, elle se
met à chialer en prétendant qu'elle ne peut
pas vivre sans moi.

— Bon voyage, soupira Maigret en se dirigeant vers la porte.

En passant devant le bureau il dit au patron :

— Il me semble que vous êtes en train de perdre un client.

— Il m'a prévenu. Il part pour le Midi où il restera quelques semaines.

— Il garde sa chambre ?

— Non, mais on lui en trouvera une autre.

Les deux hommes rentrèrent à la P.J. Maigret appela Toulon au bout du fil.

— Je voudrais parler au commissaire Marella. Ici, Maigret, de la P.J.

Il reconnut tout de suite la voix de son collègue. Ils avaient débuté presque ensemble et maintenant Marella dirigeait la P.J. de Toulon.

— Comment vas-tu ?

— Je ne me plains pas.

— Tu connais le bar de l'Amiral ?

— Et comment ! C'est un des rendez-vous des mauvais garçons.

— Et le nommé Bob ?

— Le barman. Il leur sert de boîte aux lettres.

— Ce soir ou demain, un certain Marcel Montrond arrivera là-bas. Sans doute se rendra-t-il tout de suite à l'Amiral. J'aimerais que tu le fasses surveiller.

— De quoi le soupçonnes-tu ?

— De tout et de rien. Je ne sais pas. Il est plus ou moins mêlé à une affaire qui me tarabuste.

— La vieille du quai de la Mégisserie ?

— Oui.

— Drôle d'histoire, non ? Je ne sais que ce que les journaux et la radio en disent mais cela me paraît bougrement mystérieux. As-tu mis la main sur le jeunet à la guitare ?

— Oui. Il n'a pas l'air d'être dans le coup. Personne n'a l'air d'être dans le coup et il n'y a aucune raison apparente pour que la vieille dame ait été descendue...

— Je te tiendrai au courant. Le Marcel dont tu parles, ce n'est pas le Grand Marcel ?

— Si.

— Il est un peu gigolo sur les bords, non ? Il est descendu plusieurs fois sur la Côte et chaque fois il a déniché une rombière.

— Je te remercie. A bientôt.

Le téléphone sonnait presque tout de suite.

— Le commissaire Maigret ?

— Oui.

— Ici, Angèle Louette. D'abord, je tenais à vous dire que j'ai mis ce voyou à la porte.

— Je sais. Il est en route pour Toulon.

— Croyez bien que ce n'est pas mon genre et qu'on ne m'y prendra plus.

— Qu'est-ce que vous lui reprochez ?

— De vivre des femmes et de se prélasser la moitié de la journée dans un lit qui n'est pas même le sien. Il ne voulait pas partir. J'ai dû lui donner de l'argent pour qu'il s'en aille.

— Je sais.

— Il s'en est vanté ?

— Bien entendu. Il vous appelle le gendarme, soit dit en passant.

— Je voulais vous annoncer aussi que les obsèques auront lieu demain matin. Le corps

96

sera ramené cet après-midi quai de la Mégisserie. Il n'y aura pas de chapelle ardente,
parce que ma tante ne connaissait personne.
L'enterrement aura lieu demain à dix heures.

— Elle passera par l'église ?

— Il y aura une absoute à Notre-Dame-des-
Blancs-Manteaux. Vous n'avez toujours rien
découvert ?

— Non.

— Vous avez l'adresse de mon fils ?

— Il me l'a donnée.

— J'aimerais le prévenir. Il tiendra peut-
être, malgré tout, à assister à l'enterrement de
sa grand-tante.

— Il habite l'Hôtel des Iles et du Bon Pas-
teur, rue Mouffetard.

— Je vous remercie.

Maigret connaissait l'impatience des juges
d'instruction et il franchit un peu plus tard la
porte séparant la P.J. du Palais de Justice.

Dans les couloirs où s'alignaient les cabi-
nets des magistrats, il y avait des clients,
témoins ou prévenus, sur presque tous les
bancs, et certains de ceux qui attendaient
entre deux gendarmes avaient des menottes
aux poignets.

Le juge Libart était seul avec son greffier.

— Alors, monsieur le commissaire ? Où en
est notre petite affaire ?

Il en parlait presque joyeusement, en se
frottant les mains.

— J'ai voulu vous laisser travailler en paix.
Est-ce qu'au moins vous avez des résultats ?

— Aucun.

— Pas de suspect ?

97

— Pas de suspect vraisemblable, non. Et pas un seul indice, sinon que le meurtrier a été surpris par la vieille dame alors qu'il cherchait quelque chose.

— De l'argent ?

— Je ne crois pas.

— Des bijoux ?

— Il n'aurait presque rien tiré de ceux qu'elle possédait.

— Un maniaque ?

— C'est improbable. Pourquoi un maniaque aurait-il choisi son appartement ? Et pourquoi y serait-il allé plusieurs fois avant l'après-midi du crime ?

— Une affaire de famille ? Un héritier trop pressé ?

— C'est possible, mais improbable. Sa seule héritière est une nièce qui est masseuse et qui gagne fort bien sa vie.

— Vous paraissez découragé.

Maigret s'efforça de sourire.

— Je m'en excuse. C'est un mauvais moment à passer. Les obsèques ont lieu demain.

— Vous irez ?

— Oui. C'est une de mes vieilles habitudes et cela m'a souvent mis sur une piste.

Il rentra déjeuner chez lui et Mme Maigret, après avoir vu son visage renfrogné, évita de lui poser des questions.

Elle marchait presque sur la pointe des pieds et elle lui avait préparé du fricandeau à l'oseille, un des plats qu'il préférait.

Quand il retourna Quai des Orfèvres, Lapointe frappa à la porte de son bureau.

— Entrez.

— Excusez-moi, patron. Qu'est-ce que je fais ?

— Rien. Ce que tu veux. Si tu as une idée...

— J'ai envie de retourner chez le marchand d'oiseaux. Il voit passer les gens qui entrent et qui sortent de la maison. Peut-être, à force de le questionner, lui rappellerai-je un souvenir ?

— Si tu veux.

Il détestait de se sentir ainsi, sans ressort, sans imagination. Les mêmes pensées lui revenaient avec insistance mais elles ne conduisaient nulle part.

D'abord, la vieille Mme Antoine n'était pas folle.

Pourquoi, dès lors, avait-elle rôdé quai des Orfèvres avant d'oser s'adresser à la police. Est-ce qu'elle avait des soupçons ?

Elle se rendait compte qu'on hausserait les épaules si elle se plaignait de voir les objets, chez elle, changer légèrement de place.

Pourtant, c'était la vérité. On avait bel et bien fouillé l'appartement à plusieurs reprises.

Pour y trouver quoi ?

Pas de l'argent, comme il l'avait dit au juge d'instruction. Pas de bijoux non plus.

Or, c'était assez important pour que le mystérieux visiteur, surpris, assassine la vieille dame.

Est-ce qu'il avait trouvé enfin ce qu'il cherchait ? Est-ce qu'il s'en allait avec son butin au moment où elle était rentrée en avance sur son heure habituelle ?

Qu'est-ce qu'une très vieille personne, veuve de deux maris et vivant modestement, pouvait posséder qui vaille qu'on lui enlève la vie ?

Il griffonnait de vagues dessins sur une feuille de papier et se rendait soudain compte que cela ressemblait plus ou moins à la vieille dame.

Vers cinq heures, il commença à étouffer dans son bureau et il se dirigea vers le quai de la Mégisserie. Il avait emporté une photographie du Grand Marcel qu'il avait trouvée dans les archives de la Brigade mondaine.

La photo était mauvaise, les traits plus durs que dans la réalité, mais on reconnaissait quand même le personnage. Il commença par la concierge.

— Est-ce que vous avez déjà vu cet homme ?

Elle dut aller prendre ses lunettes sur le buffet.

— Je ne sais pas trop que vous dire. D'une certaine façon, il me semble que son visage m'est familier. Mais il y a tant de gens qui lui ressemblent.

— Regardez-le bien. Cela devrait être assez récent.

— C'est son costume à carreaux qui me frappe. J'ai vu un costume comme celui-là il y a une semaine ou deux, mais je ne pourrais pas dire où.

— Ici, dans votre loge ?

— Je ne crois pas.

— Dans la cour ? Dans l'escalier ?

— Franchement, je ne sais pas. Votre inspecteur est encore venu me questionner tout à l'heure. Je ne peux pourtant pas inventer. Vous savez qu'on l'a ramenée ?

— Mme Antoine ?

— Oui. Sa nièce est là-haut. Elle a laissé la porte entrouverte et allumé des cierges des deux côtés du lit. Quelques locataires entrent timidement et font une petite prière. Si j'avais eu quelqu'un pour me remplacer, je serais allée demain à l'enterrement, mais je suis seule. Mon mari est depuis trois ans dans un hôpital psychiatrique.

Maigret se retrouva sur le trottoir, devant les cages d'oiseaux. Le fils Caille le reconnut tout de suite.

— Tiens ! Je viens d'avoir la visite d'un de vos inspecteurs, le jeune.

— Je sais. Voulez-vous regarder attentivement cette photographie ?

Il le fit, hocha la tête, la regarda de près, puis d'un peu plus loin.

— Je ne peux pas dire que je le reconnaisse. Pourtant, il y a quelque chose qui me rappelle un souvenir.

— Le costume ?

— Pas particulièrement. L'expression d'un visage. Il a l'air de se moquer des gens.

— Ce n'est pas un de vos clients ?

— Certainement pas.

— Vous ne voulez pas demander à votre père ?

— Je vais le faire, mais il a la vue tellement basse.

Quand il revint, il hochait la tête.

— Il ne le reconnaît pas. Il faut vous dire

qu'il vit presque tout le temps à l'intérieur et qu'il ne s'intéresse qu'à ses oiseaux et à ses poissons. Il les aime tellement que, pour un peu, il refuserait de les vendre.

Maigret rentra dans l'immeuble, monta au premier étage. La femme qui habitait en face de l'appartement de la vieille sortait de chez elle, un filet à provisions à la main.

— Elle est là, souffla-t-elle en désignant la porte entrouverte.

— Je sais.

— On l'enterre demain. Il paraît que son premier mari avait une concession, au cimetière Montparnasse, et que c'est près de lui qu'elle a demandé à être enterrée.

— A qui en a-t-elle parlé ?

— A sa nièce, sans doute ? A la concierge aussi. Elle disait qu'Ivry était trop loin, qu'elle se sentirait perdue parmi les milliers de tombes.

— Je voudrais vous montrer quelque chose. Puis-je entrer un instant chez vous ?

L'appartement était en ordre, plus sombre que celui de la vieille parce qu'un arbre bouchait presque les fenêtres.

— Avez-vous déjà rencontré cet homme ?

Et il sortait à nouveau la petite photo prise par l'Identité Judiciaire.

— C'est quelqu'un que je connais ?

— Je ne sais pas. Je vous le demande.

— Pour l'avoir déjà vu, je l'ai déjà vu. Il n'y a pas bien longtemps de ça. Il fumait une cigarette. Je me demandais ce qui manquait : c'est la cigarette.

— Prenez votre temps. Réfléchissez.

— Ce n'est pas chez un de mes fournisseurs. Ce n'est pas dans la cour non plus.

On sentait qu'elle faisait tout son possible.

— Je suppose que c'est important ?

— Oui.

— Cela se rapporte à Mme Antoine ?

— Probablement.

— Mon témoignage pourrait lui faire du tort, n'est-ce pas ?

— C'est fort possible.

— Vous comprenez pourquoi je n'ose pas être trop catégorique. Je ne voudrais pas attirer des ennuis à quelqu'un d'innocent.

— S'il est innocent, nous le saurons.

— Pas toujours. Il y a parfois des erreurs judiciaires. Tant pis ! Je sortais...

— Quel jour ?

— Je ne me souviens pas. C'était la semaine dernière. J'allais chercher ma fille à l'école.

Une gamine de douze ans environ était occupée à faire ses devoirs dans la pièce voisine.

— Il était donc un peu moins de quatre heures ?

— Ou bien il était midi. C'est ce que j'essaie de me rappeler. C'est plutôt quatre heures, car j'avais mon filet à provisions et que c'est le moment où je fais mes achats pour le dîner. Mon mari ne rentre pas à midi et nous mangeons légèrement, ma fille et moi.

» Je descendais l'escalier sans trop regarder devant moi et quelqu'un m'a bousculée. Il montait les marches quatre à quatre. Il a failli

103

me renverser. C'est pour cela que je m'en souviens.

» Il s'est retourné et m'a demandé s'il m'avait fait mal. J'ai répondu que non, que ce n'était rien.

— Vous ne savez pas à quel étage il s'est arrêté ?

— Non. Je me suis dépêchée. Ma fille n'aime pas que je la fasse attendre devant l'école et, avec la circulation actuelle, je n'ose pas la laisser rentrer seule.

Maigret soupirait. Un léger espoir, enfin !

Quelques instants plus tard, il poussait la porte de la chambre mortuaire et regardait fixement le visage aux traits fins de la vieille femme qu'on avait prise pour une folle.

Les rideaux avaient été tirés aux trois quarts et la chambre était dans la pénombre, sauf pour une tache de soleil qui frémissait. Deux cierges allumés, un de chaque côté du lit, achevaient de donner à la pièce un aspect insolite.

Angèle Louette était là, immobile, silencieuse, dans un fauteuil, et un moment Maigret crut qu'elle dormait. C'est en la regardant une seconde fois qu'il remarqua qu'elle avait ses yeux sombres fixés sur lui.

Il se recueillit un moment devant la morte, passa dans le salon où il retrouvait avec soulagement la lumière du jour. Comme il s'y attendait, elle le suivait.

Elle avait les traits plus durs que jamais.

— Qu'est-ce que vous êtes venu faire ?

— Rendre mes derniers respects à votre tante.

104

— Avouez que c'est le moindre de vos soucis. Il en est de même pour les locataires. En tout et pour tout, il y en a deux qui ont franchi la porte. Vous avez revu cette gouape de Marcel ?

— Il est parti pour Toulon à bord de sa voiture.

Il vit bien que cela lui donnait un choc.

— Bon débarras ! J'ai eu assez de peine à le mettre à la porte. Savez-vous que j'ai été obligée de lui donner cinq cents francs pour qu'il quitte mon appartement ?

— Vous pouvez porter plainte pour extorsion de fonds.

— C'est peut-être ce que je ferai. En tout cas, s'il essaie de revenir...

— Savez-vous qu'il est venu ici la semaine dernière ?

Elle tressaillit violemment et ses sourcils se froncèrent.

— Vous savez quel jour ?

— Non.

— A quelle heure ?

— Aux environs de quatre heures.

— C'est lui qui vous en a parlé ?

— Non.

— Et vous l'avez questionné sur cette visite ?

— Ce matin, je n'étais pas encore au courant. Comment connaissait-il l'adresse de votre tante ?

— Un jour, il y a environ un mois, nous traversions ensemble le Pont-Neuf. Machinalement, je lui ai montré de loin les fenêtres de l'appartement et je lui ai dit :

105

» — J'ai une vieille tante qui habite là.

— Je crois que vous avez ajouté qu'un jour elle vous laisserait un joli magot.

— Je reconnais bien ses mensonges. Je lui ai seulement dit qu'elle avait eu deux maris et qu'elle avait largement de quoi vivre. Où est-il ?

— En ce moment, à moins qu'il n'ait changé d'avis, il roule vers Toulon.

— Il me parlait toujours de Toulon et des amis qu'il avait là-bas.

— Vous savez de quel genre de famille il sort ?

— Non.

— Il ne vous a jamais parlé de sa jeunesse ?

— Non plus. Je sais seulement qu'il a encore sa mère, qui vit dans une petite ville du Centre.

— Vous êtes sûre que vous n'avez pas mis les pieds ici les huit derniers jours, mettons les quinze derniers jours ?

— Vous allez recommencer ?

— Réfléchissez avant de répondre.

— J'en suis certaine.

— Savez-vous ce qu'il y a dans le tiroir de la table de nuit ?

— Je ne l'ai jamais ouvert.

— Même ce matin, en arrangeant les meubles pour la chambre mortuaire ?

— Même ce matin.

— Saviez-vous que votre tante possédait une arme ?

— Certainement pas. Elle était bien la dernière à tenir un revolver à la main.

— Elle ne craignait pas de vivre seule ?

106

— Elle n'avait peur de rien ni de personne.

— Lui est-il arrivé de vous parler des inventions de son second mari ?

— Elle m'a montré un jour un petit appareil pour éplucher les pommes de terre. Elle m'en a même promis un, qu'elle ne m'a jamais donné. C'était quand Antoine vivait encore. Elle m'a aussi fait visiter son atelier, si on peut appeler ainsi un cagibi où il y a à peine place pour se retourner.

— Je vous remercie.

— Vous viendrez à l'enterrement ?

— C'est probable.

— La levée du corps aura lieu à dix heures moins le quart. Nous devons être à l'église à dix heures.

— A demain.

Il y avait des moments où sa dureté presque masculine n'était pas tellement antipathique et pouvait passer pour de la franchise. Elle n'était pas belle. Elle n'avait jamais été jolie. L'âge l'épaississait.

Pourquoi ne revendiquerait-elle pas le même droit que les hommes qui, dans son cas et dans sa position, s'offrent des aventures ?

Elle ne se cachait pas. Elle recevait chez elle ses amants d'une nuit ou d'une semaine. La concierge les voyait entrer et sortir. Les autres locataires devaient être au courant.

D'un autre côté, elle était méfiante et fixait son interlocuteur comme si elle s'attendait toujours à un piège.

En rentrant au Quai, Maigret s'arrêta à la Brasserie Dauphine pour boire un vin blanc de la Loire. Il n'avait pas envie de bière. Le vin blanc presque pétillant qui embuait le verre s'accordait mieux avec l'atmosphère printanière.

C'était l'heure creuse. A part un livreur en tablier bleu, il n'y avait personne dans le café.

— Un autre, se décida-t-il à commander.

Le docteur Pardon ne le saurait pas. D'ailleurs, Pardon lui avait seulement recommandé la modération.

Quai des Orfèvres, il retrouva Lapointe qui avait parcouru une fois de plus la maison du bas en haut, exhibant la photographie du Grand Marcel.

— Succès ?

— Rien.

— Demain matin, j'aurai besoin de toi pour me conduire à l'enterrement.

Il rentra chez lui à pied en roulant dans sa tête des pensées plus ou moins désagréables.

— La seule chose dont nous soyons sûrs, c'est qu'un revolver a disparu.

Et encore, en étaient-ils si sûrs ? Ils avaient trouvé de la graisse à fusil dans le fond du tiroir. Mais cette graisse n'était-elle pas venue là autrement ?

Les experts de Moers affirmaient qu'elle n'y était pas depuis plus d'un mois.

Il se mettait à se méfier de tout, lui aussi, et il aurait aimé recommencer l'enquête à zéro, à condition d'avoir un point de départ, si ténu soit-il.

— Déjà toi !

Elle ne lui avait pas ouvert la porte et, pour une fois, il s'était servi de sa clé.

— Je crois que, ce soir, je vais sortir.

— Pour aller où ?

— Dans un endroit où il vaut mieux ne pas t'emmener, un petit bistrot de hippies, place Maubert.

Il prit le temps de lire son journal, de prendre une douche froide avant le dîner. Ils mangèrent une fois de plus devant la fenêtre ouverte.

— Demain, je vais à l'enterrement.

— Il y aura du monde ?

— En dehors de la nièce, il est possible que je sois seul. Deux locataires, en tout, sont venus la voir dans la chambre funéraire.

— Et les journalistes ?

— L'affaire n'a pas accroché les lecteurs. Ils se contentent maintenant de quelques lignes en troisième page.

Il brancha la télévision. Il lui fallait attendre dix heures du soir s'il voulait trouver Billy Louette au Bongo.

Au coin du boulevard Voltaire, il héla un taxi, lui donna l'adresse, et le chauffeur le regarda curieusement, étonné qu'un bourgeois du quartier aille s'encanailler dans un endroit comme celui-là.

On ne s'était pas mis en frais de décoration. Les murs étaient peints en blanc et on y avait tracé des traits de couleur qui ne signifiaient rien.

C'était la seule originalité apparente. Le bar était le zinc classique, avec le patron en manches de chemise et en tablier bleu qui servait lui-même. Une porte donnait sur une cuisine enfumée d'où émanaient des relents de graillon.

Une dizaine de couples mangeaient, surtout des spaghettis qui semblaient être la spécialité de la maison.

Quelques jeunes portaient des blue-jeans et des chemises à ramages. D'autres étaient des gens qui étaient venus pour voir.

Pour voir et surtout pour entendre, car trois musiciens faisaient autant de bruit qu'un orchestre entier. C'était Billy qui jouait de la guitare. Il y avait aussi une batterie et une contrebasse.

Les trois musiciens étaient chevelus et ils portaient tous les trois des pantalons de velours noir et une chemise rose.

— C'est pour dîner ?

Le patron devait presque hurler pour se faire entendre.

Maigret fit signe que non, commanda un vin blanc. Billy l'avait vu entrer et n'avait manifesté aucun étonnement.

Le commissaire n'y connaissait rien en pop-music, mais celle-ci ne lui semblait pas plus mauvaise que celle qu'il entendait parfois à la radio ou à la télévision. Les trois garçons y allaient de bon cœur et finissaient par atteindre à une sorte de frénésie.

On les applaudit bruyamment. C'était la pause. Billy rejoignait Maigret au comptoir.

— Je suppose que c'est moi que vous êtes venu voir ?

— Bien entendu. Vous avez eu des nouvelles de votre mère ?

— Pas aujourd'hui.

— Dans ce cas, vous ne savez pas que l'enterrement est pour demain matin ?

Rendez-vous quai de la Mégisserie à neuf heures trois quarts. L'absoute aura lieu à Notre-Dame-des-Blancs-Manteaux. Ensuite, le corps sera inhumé au cimetière Montparnasse.

— Il me semblait que mon grand-oncle Antoine était enterré à Ivry.

— C'est exact, mais sa veuve préfère le caveau de son premier mari.

— Dans quelques minutes, nous allons jouer à nouveau. Comment aimez-vous ce que nous faisons ?

— Je n'y connais malheureusement rien. Il y a une question que je voudrais vous poser. Saviez-vous que votre grand-tante possédait un revolver ?

— Oui.

Enfin quelqu'un, sans se troubler, répondait simplement.

— C'est elle qui vous en a parlé ?

— Il y a déjà longtemps de cela, un an ou deux. J'étais sans un sou. Je suis allé la taper et j'ai remarqué qu'elle avait plusieurs billets de cent francs dans le tiroir de sa commode.

» Pour certains, quelques centaines de francs ne sont rien. J'en connais d'autres et je suis parfois de ceux-là pour qui cela représente une fortune.

» Je lui ai dit tout naturellement :

» — Vous n'avez pas peur ?

» — De qui ? de toi ?

» — Non. Mais vous vivez seule. Les gens le savent. Un cambrioleur pourrait...

Il fit signe à ses camarades qu'il n'allait pas tarder à les rejoindre.

— Elle m'a répondu qu'elle était armée contre les cambrioleurs et elle est allée ouvrir le tiroir de sa table de nuit.

» — Surtout, ne t'imagine pas que j'hésiterais à m'en servir.

Ainsi, il n'y avait plus seulement la tache huileuse. Quelqu'un avait vu l'arme.

— Il s'agissait d'un revolver ou d'un automatique ?

— Quelle différence y a-t-il entre les deux ?

— Le revolver est à barillet. L'automatique est plat.

— Alors, autant que je me souvienne, c'était un revolver.

— De quelle taille ?

— Je ne sais pas, moi. Je l'ai à peine regardé. A peu près la longueur de la main.

— A qui en avez-vous parlé ?

— A personne.

— Vous n'en avez rien dit à votre mère ?

— Nos rapports ne sont pas assez cordiaux pour que je lui raconte des histoires.

Le jeune homme alla rejoindre ses compagnons et la musique reprit. On le sentait vraiment habité par le rythme qu'il créait et que soulignait la batterie.

— C'est un bon petit gars, dit le patron en se penchant au-dessus du comptoir. Tous les trois, d'ailleurs, sont de braves gamins et il n'y en a pas un qui se drogue. Je ne pourrais pas en dire autant de tous les clients.

Maigret paya sa consommation et rejoignit le trottoir. Il eut quelque peine à trouver un taxi et il se fit reconduire chez lui.

Le lendemain matin, il monta à l'étage des

juges d'instruction et entra chez le juge Libart.

— Je voudrais que vous me donniez un mandat de perquisition. Au nom d'Angèle Louette, célibataire, exerçant la profession de masseuse et habitant rue Saint-André-des-Arts.

Le greffier écrivait.

— Cela signifie que vous approchez du résultat ?

— Je n'en ai pas la moindre idée. Je vous avoue que je vais un peu à l'aveuglette.

— N'est-ce pas la nièce de la vieille dame ?

— Exactement.

— Et son héritière en même temps ? Cela paraît étrange, dans ce cas-là.

Maigret s'attendait à cette objection qui viendrait à l'esprit de chacun. Angèle Louette était sûre d'hériter un jour ou l'autre, dans un temps relativement court étant donné l'âge de sa tante. Pourquoi irait-elle risquer de passer le reste de ses jours en prison pour s'approprier ce qui lui reviendrait de toute façon ?

— Enfin ! Suivez votre idée. Je vous souhaite bonne chance.

A dix heures moins le quart, Maigret se trouvait quai de la Mégisserie en compagnie de Lapointe qui conduisait la petite auto noire. Il n'y avait pas de draperies à la porte, pas de rassemblement, pas un seul curieux.

Le corbillard vint se ranger le long du trottoir et deux costauds allèrent chercher le cercueil. Il n'y avait pas de fleurs, pas de couronne. Les rideaux bougèrent à plusieurs fenêtres. La concierge vint jusqu'à la porte et fit le signe de croix.

Le vieux marchand d'oiseaux quitta un moment la pénombre de sa boutique pour rejoindre son fils à la terrasse.

C'était tout.

Angèle Louette monta seule dans la voiture noire fournie par les pompes funèbres. L'église était vide, sauf deux femmes qui attendaient devant un confessionnal. On aurait dit que tout le monde était pressé, le curé comme les gens des pompes funèbres.

Maigret était resté au fond de l'église où Lapointe, après avoir trouvé à garer la voiture, était venu le rejoindre.

— Ce n'est même pas triste, remarqua le jeune inspecteur.

C'était vrai. Le soleil inondait la nef. On n'avait pas refermé la porte et on entendait les différents bruits de la rue.

— *Et ne nos inducas in tentationem...*

— *Amen...*

On remportait le cercueil qui ne devait pas peser lourd. Moins d'un quart d'heure plus tard, on pénétrait dans le cimetière Montparnasse et, dans une allée, on s'arrêtait devant une dalle de marbre rose.

— Je vous avais dit qu'il n'y aurait personne, murmura la masseuse tandis qu'on descendait la vieille femme dans le caveau.

Elle ajouta :

— On n'a pas eu le temps de graver son nom sur la pierre à côté de celui de son premier mari. Les marbriers viendront le faire la semaine prochaine.

114

Elle s'était vêtue de noir, sobrement, et cela lui donnait l'air encore plus sévère. Elle avait l'air d'une gouvernante, ou d'une directrice d'école.

— Maintenant, murmura Maigret, nous allons chez vous.

— Nous ?

— J'ai bien dit nous, oui.

— Qu'est-ce que vous me voulez encore ?

Le cimetière était plus gai encore que l'église, plein de soleil qui jouait dans la verdure des arbres et de chants d'oiseaux.

— Un instant. Il faut que je distribue les pourboires. Je suppose que je ne garde pas la voiture ?

— Il y a de la place dans la nôtre.

Ils la retrouvèrent près de la grille et Angèle monta derrière tandis que Maigret prenait sa place habituelle à côté de Lapointe.

— Rue Saint-André-des-Arts.

La nièce de la vieille dame disait amèrement :

— Je m'attendais à ce que des gens jasent. Il y en a toujours pour parler dans votre dos et, s'il n'y a rien à dire, pour inventer. Mais que la Police Judiciaire, que le commissaire Maigret en personne s'acharne contre moi...

— J'en suis navré, mais je ne fais que mon métier.

— Pourquoi serais-je allée en cachette chez ma tante ?

— Et pourquoi quelqu'un d'autre y serait-il allé ?

— Vous me croyez capable de tuer une vieille femme ?

115

— Je ne crois rien. Je cherche. Dès que tu seras garé, Lapointe, tu monteras me rejoindre.

Là-haut, elle retira son chapeau et ses gants, puis la veste de son tailleur sous laquelle elle portait un chemisier blanc. Pour la première fois, Maigret remarqua que, si elle était un peu hommasse, elle n'en était pas moins assez bien faite et étonnamment conservée pour son âge.

— Alors, dites-moi une fois pour toutes ce que vous voulez.

Il tira de sa poche le mandat du juge d'instruction.

— Lisez vous-même.

— Cela veut dire que vous allez tout fouiller, tout mettre sens dessus dessous ?

— Ne craignez rien. Nous avons l'habitude. J'attends deux spécialistes de l'Identité Judiciaire qui remettront les objets à leur place exacte.

— Je n'en reviens toujours pas.

— Au fait, votre fils n'était pas aux obsèques.

— Je vous avoue qu'avec tout ce qui s'est passé hier, j'ai oublié de le prévenir. Je ne connais même pas son adresse exacte. Tout ce que je sais c'est ce que vous m'avez appris.

— Vous ne l'avez pas prévenu, mais moi je l'ai fait et c'est pourquoi je m'étonne de ne pas l'avoir vu. Il a l'air d'un brave garçon.

— A condition de n'en faire qu'à sa tête.

— Et de ne pas devenir orthopédiste.

— Il vous en a parlé ?

— Il est beaucoup plus direct que vous et il

n'y a pas besoin de lui poser dix fois une question...

— S'il avait eu la vie que j'ai eue ! Vous ferez ce que vous voudrez, mais j'ai besoin d'un petit verre.

Ce n'était pas du vin qu'elle buvait, mais du whisky qu'elle avait pris dans un meuble du living-room qui contenait tout un assortiment de bouteilles.

— Vous en voulez ?

— Non.

— Du vin rouge ? Du blanc ?

— Je n'ai besoin de rien pour le moment.

Les hommes de l'Identité Judiciaire arrivèrent avant Lapointe qui était Dieu sait où à la recherche d'un parking.

— Voilà, mes enfants. Vous passez toutes les pièces au peigne fin. Vous savez ce que nous cherchons, mais la présence d'un autre objet pourrait être intéressante aussi. Ce que je vous demande, c'est de remettre chaque chose à sa place exacte.

Elle avait allumé une cigarette et s'était installée dans un fauteuil près de la fenêtre d'où on voyait toute une perspective de toits ainsi qu'une petite portion de la tour Eiffel.

— Tu restes ici avec eux, dit-il à Lapointe qui arrivait enfin. Moi, j'ai une course à faire dans le quartier.

Une fois dehors, il se dirigea vers la rue Mouffetard, non sans avoir avalé un vin blanc dans un bistrot d'habitués où il y avait des œufs durs sur le comptoir.

5

L'hôtel était étroit, tout en hauteur, plein d'odeurs fortes. Maigret monta au quatrième, frappa à la porte qu'on lui avait désignée avec mauvaise grâce.

Une voix endormie lui cria :

— Entrez !

Les volets étaient fermés et il faisait sombre.

— Je me doutais bien que c'était vous.

Le rouquin sortait du lit, tout nu, et se nouait une serviette autour des reins. Dans les draps il y avait une fille brune, tournée vers le mur, dont on ne voyait que les cheveux sur l'oreiller.

— Quelle heure est-il ?

— L'enterrement est fini depuis un bon moment.

— Vous vous êtes demandé pourquoi je n'y suis pas allé ? Attendez que je me rince la bouche. Je crois que j'ai la gueule de bois.

Il remplissait le verre à dents au robinet et se rinçait la bouche.

— Vous avez eu tort de partir, hier soir. Il y a eu une ambiance du tonnerre. Trois jeunes Anglais sont arrivés, chacun avec sa guitare, et nous avons improvisé pendant plus de deux heures. Ils avaient une chic fille avec eux. C'est elle que vous voyez là.

» Je n'ai pas eu le courage de me lever, ce matin, pour aller à l'enterrement de la vieille. Ce n'est peut-être pas très chic de ma part, mais je ne tenais pas tellement à rencontrer ma mère.

» Est-ce qu'elle a trouvé le magot ?

— Quel magot ?

— Les économies de ma grand-tante. Elle devait en avoir un bon paquet, car elle ne dépensait presque rien. Son deuxième mari, lui aussi, avait fait des économies. Ma mère va enfin avoir sa petite maison.

Il entrouvrait les volets qui laissaient pénétrer un rayon de soleil. La fille grognait, se retournait, découvrait un sein nu.

— Votre mère a l'intention de s'acheter une maison ?

— Une petite maison à la campagne, pour aller passer les samedis et les dimanches, et où elle pourra un jour se retirer. Elle en rêve depuis des années. Elle a essayé que la vieille lui prête l'argent nécessaire, mais ça n'a pas marché. Je m'excuse de n'avoir rien à vous offrir.

— Je ne faisais que passer.

— Vous n'avez toujours pas retrouvé le revolver ?

— Non. Le Grand Marcel est parti.

— Sans blague ! Ma mère doit être dans tous ses états !

— C'est elle qui l'a flanqué à la porte. Il est parti pour Toulon où il a des copains.

— Il va falloir qu'elle en trouve un autre.

Elle ne peut pas passer trois jours sans un homme. A mesure qu'elle prend de la bouteille, cela doit devenir plus difficile et plus cher.

Son cynisme n'était pas agressif. Il y avait même chez lui comme une certaine douceur, peut-être la nostalgie d'une vie de famille qu'il n'avait pas connue.

Alors, il crânait.

— Ne quittez pas Paris sans m'en avertir. Mon enquête est loin d'être terminée et je peux encore avoir besoin de vous.

Le jeune homme désigna le lit d'un mouvement du menton :

— Vous voyez que j'ai de quoi m'occuper.

Maigret retourna rue Saint-André-des-Arts. Les hommes de l'Identité Judiciaire l'attendaient.

— On a fini, patron. Il n'y a pratiquement rien à signaler. Des vêtements, presque tous sombres, du linge, des bas, des chaussures. Elle doit avoir la manie des chaussures, car nous en avons trouvé huit paires.

Angèle Louette était là, assise dans un fauteuil, indifférente en apparence.

— Le réfrigérateur est bien garni. Bien qu'elle vive seule, elle se prépare de bons petits plats. Des photographies, surtout des photographies d'elle et d'un enfant, quand elle était beaucoup plus jeune. Un livre de comptes où elle note les rentrées d'argent à côté du nom de ses clientes.

— Tu oublies le principal, intervint le second spécialiste.

L'autre haussa les épaules.

— Pour autant que cela veuille dire quelque chose ! Au-dessus de la garde-robe, il y a de la poussière et, dans cette poussière, une tache d'huile ou de graisse. Le genre qu'on emploie pour les armes.

Angèle intervint :

— Il n'y a jamais eu d'arme dans la maison.

— Et pourtant, les traces sont fraîches. Dans la poubelle, j'ai retrouvé un papier gras qui a servi à envelopper un revolver.

— Dans ce cas, c'est Marcel qui le possédait et qui l'a emporté.

Maigret grimpa sur une chaise pour voir la tache par lui-même.

— Je vous convoque au Quai des Orfèvres à trois heures.

— Et mes clientes ? Vous croyez que je n'ai rien à faire ?

— Je vais vous remettre une convocation officielle.

Il prit une formule jaune dans sa poche et remplit les vides.

— J'ai dit trois heures.

Lapointe attendait patiemment. Ils gagnèrent la petite voiture noire qui était garée à plus de trois cents mètres. Les hommes de Moers étaient partis, eux aussi.

— Elle a le téléphone ?

— Oui.

— Elle va peut-être profiter de ce qu'elle est seule pour appeler Toulon. Parmi les photos, il y en avait de la vieille ?

— Trois ou quatre, déjà anciennes. Il y en a aussi une d'un homme moustachu qu'elle m'a dit être le père Antoine.

122

Maigret rentra déjeuner chez lui. Sa femme ne lui posa pas plus de questions que la veille, sinon au sujet de l'enterrement.

— Il y avait du monde ?

— En dehors de la nièce, nous étions seuls, Lapointe et moi. Une absoute expédiée à la diable. On aurait dit que chacun avait hâte d'en avoir fini avec elle.

Quand il rentra au bureau, Janvier lui annonça :

— Le commissaire Marella a téléphoné de Toulon et demande que vous le rappeliez.

— Faites-moi donner la communication.

Il l'eut quelques minutes plus tard.

— Marella ?

— Oui. Je t'ai appelé à tout hasard. Ton Marcel est arrivé hier assez tard dans la soirée et s'est rendu tout de suite au bar de l'Amiral. Il m'a reconnu et m'a adressé un petit bonjour tout en prenant place au bar. Ils ont bavardé à mi-voix, Bob et lui, sans que je puisse rien entendre, car ils faisaient marcher le juke-box à toute pompe.

— Il n'y avait personne d'autre avec eux ?

— Non. A certain moment, Bob s'est enfermé dans la cabine téléphonique et a donné un coup de fil. Quand il est revenu, il paraissait satisfait et il a fait un geste que j'ai traduit par :

» — Au poil !

— C'est tout ?

— Non. Ton Marcel a loué une chambre à l'Hôtel des Cinq Continents, avenue de la République. Il s'est levé à neuf heures du matin et a pris sa voiture pour se rendre à Sanary. Cela ne te dit rien ?

— Non.

— C'est là qu'habite Giovanni, l'aîné des deux frères, Pepito.

Les frères Giovanni avaient passé long-temps pour les chefs des truands de la Côte. Marco, le plus jeune, habitait Marseille. Pepito avait fait construire à Sanary une luxueuse villa dans laquelle il vivait paisible-ment.

On les avait arrêtés une dizaine de fois et on avait toujours été forcé de les relâcher faute de preuves.

Maintenant, ils avaient pris de la bouteille et ils menaient la vie paisible de deux riches retraités.

— Marcel est resté longtemps à la villa ?

— Près d'une heure. Ensuite, il est retourné au bar de l'Amiral, puis il est allé déjeuner dans un restaurant italien de la vieille ville.

— Il a déjà été en rapport avec les Giovanni ?

— Pas que je sache.

— Tu peux faire surveiller Pepito ? J'aime-rais savoir s'il se déplace dans les jours qui suivent, ou qui il reçoit dans sa villa qui ne soit pas parmi les habitués.

— Ce sera fait. A charge de revanche. Ça marche, ton affaire ?

— Des pistes commencent à se dessiner mais elles ne conduisent encore nulle part. Quand j'en aurai fini, je crois que j'irai me

124

changer les idées au soleil quelque part dans ton secteur.

— Ce sera un plaisir pour moi. Il y a combien de temps que nous ne nous sommes pas vus ?

— Dix ans ? Douze ans ? C'était lors de l'affaire de Porquerolles.

— Je me souviens. A bientôt, Maigret.

Ils avaient débuté ensemble Quai des Orfèvres et pendant plus de deux ans ils avaient arpenté la voie publique avant de se voir désigner pour les gares d'abord, puis pour les grands magasins. Ils étaient alors tous les deux jeunes, célibataires.

Le vieux Joseph apporta la convocation que, le matin, Maigret avait laissée à Angèle.

— Faites-la entrer.

Elle était plus pâle, plus tendue que d'habitude. Etait-ce l'atmosphère de la P.J. qui l'impressionnait ?

— Asseyez-vous.

Il lui désignait une simple chaise devant son bureau, ouvrait la porte des inspecteurs.

— Tu veux venir, Lapointe ? Apporte ton bloc.

Car le jeune Lapointe lui servait souvent de sténographe. Il s'installa au bout du bureau, le crayon à la main.

— Comme vous le voyez, il s'agit, cette fois, d'un interrogatoire officiel. Tout ce que vous allez dire sera enregistré et vous signerez ensuite le procès-verbal. Il m'arrivera sans doute de vous poser des questions auxquelles vous avez répondu, mais vos réponses seront transcrites.

— En somme, vous me considérez comme la suspecte numéro un.

— Comme suspecte, simplement. Il n'y a pas de numéro. Vous n'aviez aucune affection pour votre tante.

— Elle s'est contentée de me donner un billet de cent francs quand je lui ai appris que j'étais enceinte.

— Donc, vous lui reprochiez son avarice.

— Elle était égoïste. Elle ne s'occupait pas des autres. Et je suis sûre que, si elle s'est remariée, c'était pour une question d'argent.

— Elle a eu une jeunesse difficile ?

— Même pas. Son père avait du bien, comme on disait à l'époque. La famille habitait près des jardins du Luxembourg et les deux filles, ma mère et ma tante, ont fait de bonnes études. Ce n'est que quand il a eu un certain âge que mon grand-père s'est mis à spéculer et a perdu presque tout ce qu'il possédait.

— C'est alors qu'elle a épousé Caramé ?

— Oui. Il venait assez souvent chez mes grands-parents. Longtemps, on a cru que c'était pour ma mère. Je pense que celle-ci le croyait aussi. En fin de compte, c'est ma tante qui l'a emporté.

— Et votre mère ?

— Elle a épousé un employé de banque qui avait une mauvaise santé. Il est mort jeune et ma mère s'est mise à travailler dans une maison de commerce de la rue Paradis.

— Vous aviez donc une vie très modeste ?

— Oui.

— Votre tante ne vous aidait pas ?

126

— Non. Je ne sais pas exactement pourquoi j'ai choisi le métier de masseuse. Peut-être parce qu'il y en avait une dans la maison que nous habitions et qu'elle avait une voiture pour aller voir ses clientes.

— Vous avez une voiture aussi ?

— Une 2 CV.

— Pour vous rendre dans votre maison de campagne quand vous en aurez une !

Elle fronça les sourcils.

— Qui vous a parlé de ça ?

— Peu importe. Il paraît que vous avez toujours rêvé d'une petite maison à la campagne, pas trop loin de Paris, pour aller passer les week-ends.

— Je ne vois pas quel mal il y a à ça. C'est le rêve de beaucoup de gens, non ? C'était celui de ma mère aussi, mais elle est morte avant de le réaliser.

— Combien espérez-vous hériter de votre tante ?

— Quarante, cinquante mille francs ? Je ne sais pas. Je me fie à certaines choses qu'elle m'a dites. Peut-être avait-elle d'autres placements ?

— En somme, si vous avez continué à la fréquenter, c'était uniquement à cause de l'héritage.

— Si vous le prenez ainsi. Elle représentait quand même ma seule famille. Vous avez déjà vécu seul, monsieur Maigret ?

— Et votre fils ?

— Je le vois à peine, seulement quand il est dans l'embarras. Il n'a aucune affection pour moi.

— Réfléchissez avant de répondre à la question que je vais vous poser et n'oubliez pas que vos réponses sont enregistrées. Vous est-il arrivé souvent d'aller chez votre tante en son absence ?

Il eut l'impression qu'elle pâlissait, mais elle ne perdit pas son sang-froid.

— Vous permettez que je fume ?

— Je vous en prie. Mais je n'ai pas de cigarettes à vous offrir.

Il n'y avait que des pipes sur son bureau, six pipes rangées par ordre de taille les unes à côté des autres.

— Je vous ai posé une question.

— J'aimerais que vous la répétiez.

Il le fit sans hésiter.

— Cela dépend de ce que vous appelez aller chez elle. Il m'est arrivé de me trouver quai de la Mégisserie avant son retour. Dans ces cas-là, je l'attendais.

— Dans l'appartement ?

— Non. Sur le palier.

— Cela durait parfois longtemps ?

— Quand elle était trop longue à venir, j'allais me promener sur le quai et en particulier j'allais regarder des oiseaux.

— Votre tante n'a jamais eu l'idée de vous remettre une clé de chez elle ?

— Non.

— Supposez qu'elle ait été prise d'un malaise.

— Elle était persuadée que cela ne lui arriverait jamais. Elle ne s'est pas évanouie une seule fois dans sa vie.

— La porte n'était jamais ouverte ?

— Non.

— Même quand elle était là ?

— Non. Elle la refermait derrière elle.

— De qui se méfiait-elle ?

— De tout le monde.

— Y compris de vous ?

— Je ne sais pas.

— Elle vous témoignait de l'affection ?

— Elle ne me témoignait rien du tout. Elle me disait de m'asseoir. Elle me préparait du café et elle allait chercher quelques gâteaux secs dans la boîte en fer-blanc.

— Elle ne vous demandait pas de nouvelles de votre fils ?

— Non. Elle devait le voir aussi souvent, sinon plus souvent, que moi.

— Elle n'a jamais parlé de vous déshériter ?

— Pourquoi m'aurait-elle déshéritée ?

— J'en reviens à cette porte fermée. La serrure, je m'en suis rendu compte, n'est pas compliquée et il était facile d'en prendre une empreinte.

— Pour quoi faire ?

— Peu importe. J'en reviens à ma question, avec une variante. Ne vous est-il pas arrivé, une seule fois, de vous trouver seule dans l'appartement ?

— Non.

— Vous avez bien réfléchi ?

— Oui.

— Votre tante aurait pu s'absenter un instant pour faire une course dans le quartier, pour aller acheter des gâteaux secs en découvrant la boîte vide, par exemple.

— Ce n'est pas arrivé.

— De sorte que vous n'avez jamais eu l'occasion d'ouvrir les tiroirs ?

— Non.

— Vous n'avez pas vu son livret d'épargne ?

— Je l'ai aperçu un jour qu'elle prenait quelque chose dans la commode, mais j'ignore quelle somme y est inscrite.

— Et son carnet de banque ?

— Je n'ai pas la moindre idée de ce qu'elle avait en banque. A vrai dire, j'ignorais même qu'elle possédait un compte.

— Mais vous saviez qu'elle avait de l'argent.

— Je m'en doutais.

— Pas seulement ses économies.

— Que voulez-vous dire ? Je ne comprends pas.

— Peu importe. Avez-vous jamais essayé de lui emprunter de l'argent ?

— Une seule fois, je vous l'ai dit. Quand je me suis trouvée enceinte et qu'elle m'a donné cent francs.

— Je parle d'une époque plus récente. Vous aviez envie d'une petite maison de campagne. Ne lui avez-vous pas demandé de vous aider ?

— Non. On voit bien que vous ne l'avez pas connue.

— Je l'ai rencontrée.

— Et, comme tout le monde, vous l'avez prise pour une charmante vieille femme, avec un doux sourire et une attitude timide. En réalité, elle était dure comme de l'acier.

— Vous possédez une écharpe avec des lignes ou des carreaux rouges ?

130

— Non.

— N'y a-t-il pas, sur le canapé du salon, chez votre tante, un coussin avec des rayures rouges ?

— C'est possible. Oui, je crois.

— Pourquoi vous êtes-vous disputés hier matin, avec votre amant ?

— Parce qu'il devenait impossible.

— Qu'entendez-vous par là ?

— Quand je rencontre un homme je ne lui demande pas un certificat de bonne conduite. Marcel exagérait. Il ne cherchait pas de travail. Il aurait pu dix fois se faire engager dans un bar.

» Il préférait vivre chez moi, à ne rien faire.

— Il connaissait votre tante ?

— Bien entendu que je ne le lui ai pas présenté.

— Il connaissait son existence ?

— Je suppose qu'il m'est arrivé de lui parler d'elle.

— Et de lui dire qu'elle devait posséder un joli magot ?

— Ce n'est pas ma façon de parler.

— Bref, il savait où elle habitait et qu'elle avait tout au moins des économies.

— C'est probable.

— L'avez-vous déjà aperçu quai de la Mégisserie ?

— Jamais.

— Il y est pourtant allé et il a été vu par au moins deux personnes.

— Dans ce cas, vous en savez plus que moi.

— A-t-il été question que vous l'épousiez ?

— Certainement pas. Depuis que j'ai mon

fils, je n'ai jamais pensé à me marier. Je prends des hommes ce que je désire en prendre et cela ne va pas plus loin. Vous comprenez ce que je veux dire ?

— Je comprends fort bien. Parlons maintenant du revolver.

— Encore ?

— Il doit bien se trouver quelque part et je me suis juré que je le retrouverais. Pendant un certain temps, il est resté dans le tiroir de la table de nuit, chez votre tante. Vous prétendez que vous ignoriez son existence et que votre tante avait peur des armes à feu.

— C'est vrai.

— Elle n'en gardait pas moins cette arme à portée de la main, ce qui indique, entre parenthèses, qu'elle n'était pas aussi indifférente au danger que vous voulez bien le dire.

— Où essayez-vous d'en venir ?

Maigret bourrait lentement sa pipe.

— Ce matin, chez vous, nous avons retrouvé la trace de cette arme qui a été cachée pendant un certain temps au-dessus de votre garde-robe.

— C'est vous qui le dites.

— Les expertises l'établiront. Ou bien c'est vous qui l'y avez mise, ou bien c'est votre amant.

— Je n'aime pas ce mot-là.

— Il vous gêne ?

— Il est inexact, car il n'y avait pas d'amour entre nous.

— Supposons qu'il se soit rendu quai de la Mégisserie.

— Pour tuer ma tante ?

132

— Pour découvrir ce que vous n'aimez pas que j'appelle le magot. La vieille dame rentre, se trouve face à face avec lui. Il se sert du coussin du canapé pour l'étouffer.

— Et pourquoi emporte-t-il le revolver ? Pourquoi le cache-t-il ensuite au-dessus de la garde-robe et pourquoi, en partant pour Toulon, l'emporte-t-il ?

— Vous croyez qu'il l'a emporté ?

— S'il existe réellement, il faut bien, comme vous dites, qu'il se trouve quelque part. Pour ma part, je ne suis pas allée chez ma tante l'après-midi de sa mort. Je suis persuadée que Marcel n'y est pas allé non plus. C'est peut-être ce qu'on appelle un mauvais garçon mais ce n'est pas un assassin. Vous avez encore des questions à me poser ?

— Vous vous êtes occupée de la succession ?

— Pas encore. Je dois tout à l'heure aller voir un notaire, qui est le mari d'une de mes clientes. Sans cela, j'aurais été bien en peine d'en choisir un.

Elle se levait, comme soulagée.

— Quand est-ce que je devrai signer ?

— Vous parlez de votre déposition ? Dans combien de temps, Lapointe ?

— Ce sera tapé dans une demi-heure.

— Vous avez entendu. D'ici là, installez-vous dans la salle d'attente.

— Je ne peux pas revenir ?

— Non. Je tiens à en finir. Vous verrez votre notaire un peu plus tard et, ce soir, vous serez plus riche de quelques dizaines de milliers de francs. Au fait, comptez-vous habiter l'appartement du quai ?

— Le mien me suffit.

Elle se dirigea vers la porte, le corps raide, et sortit sans ajouter un mot.

Il prit le train de nuit et eut la chance d'être seul dans son compartiment de wagon-lit. Dès Montélimar, alors que le soleil se levait, il était éveillé, comme toujours quand il descendait dans le Midi.

Montélimar était pour lui la frontière où commençait la Provence et, dès lors, il ne perdait rien du spectacle. Il aimait tout, la végétation, les maisons d'un rose pâle ou d'un bleu de lavande aux tuiles cuites et recuites par le soleil, les villages plantés de platanes où on voyait déjà des gens dans les bars.

A Marseille, tandis que le train manœuvrait à la gare Saint-Charles, il écoutait l'accent chantant et tout lui paraissait savoureux.

Il y avait longtemps qu'il n'était pas venu sur la Côte avec sa femme et il se promettait de le faire lors de ses prochaines vacances. Mais ce serait alors l'été et la grande foule !

Quelques kilomètres et on découvrait la mer du même bleu que les cartes postales, avec les pêcheurs immobiles dans leur barque.

Le commissaire Marella était sur le quai de la gare et lui adressait de grands gestes.

— Pourquoi ne viens-tu pas plus souvent ? Depuis combien d'années n'es-tu pas passé par Toulon ?

— Une dizaine d'années, je te l'ai dit au

téléphone. Cela ne te contrarie pas que je vienne marcher sur tes plates-bandes ?

Maigret se trouvait en dehors de sa juridiction. Ici, c'était Marella le patron. Il était brun de poil, bien entendu, pas très grand mais extrêmement vif. Depuis leur dernière entrevue, il lui avait poussé un petit ventre qui lui donnait un air plus bourgeois.

Avant, on aurait pu le prendre pour un gangster aussi bien que pour un policier. Les gangsters, eux aussi, ont tendance à bedonner mais, à cet âge-là, ils sont généralement retirés des affaires.

— Tu as envie d'un café ?

— Volontiers. J'en ai pris un dans le train, mais il était mauvais.

— Alors, traversons la place.

Elle ruisselait d'un soleil déjà chaud. Ils entrèrent dans un café-restaurant et s'installèrent au bar.

— Qu'est-ce que tu racontes ?

— Rien. C'est une affaire loufoque dans laquelle j'ai l'impression de patauger. Où est Marcel, à l'heure qu'il est ?

— Dans son lit. Il a fait la bombe une partie de la nuit avec des amis au restaurant Victor, en face du Port-Marchand. Tous des petits truands. Vers minuit, quelques filles les ont rejoints.

— Tu l'as connu, quand il était ici ?

— Il n'a jamais vécu très longtemps à Toulon. Son plus long séjour a été de deux ans. Il faut dire que les truands d'ici ne le prennent pas très au sérieux et le considèrent un peu comme un amateur.

135

— Qui est ce Bob, qui lui sert de boîte aux lettres ?

— Le barman de l'Amiral. Je crois qu'il se tient peinard. En tout cas, ni moi ni mes hommes n'avons jamais pu l'accrocher.

— Et les frères Giovanni ?

— Il n'y en a qu'un ici, l'aîné, Pepito. L'autre, à ce qu'on m'a dit, habite les environs de Paris. Pepito a racheté une magnifique villa à une vieille Américaine qui voulait retourner mourir dans son pays. C'est la plus belle villa de Sanary, avec un port privé où il a son bateau.

» Il voit très peu de gens et presque jamais d'anciens copains. Il tient plutôt à se faire oublier. Je l'ai quand même à l'œil. Il le sait et, quand nous nous croisons dans la rue, il me fait un grand bonjour.

— Je me demande ce que Marcel est allé faire chez lui.

— Moi aussi, je serais curieux de le savoir. Surtout que ce Marcel n'a jamais travaillé avec lui.

— A quel hôtel est-il descendu ?

— A l'Hôtel des Cinq Continents, avenue de la République, à deux pas de la Préfecture Maritime.

Il n'était que huit heures du matin.

— Tu viens le voir avec moi ? Cela te donnera une vague idée de l'affaire. Il va être furieux d'être réveillé de bonne heure.

Maigret ne prit pas de chambre, car il comptait repartir le soir même. Marella se fit donner le numéro de la chambre de Marcel et ils montèrent tous les deux, frappèrent vigou-

136

reusement à la porte. Il fallut assez longtemps avant qu'une voix ensommeillée questionne :

— Qu'est-ce que c'est ?

— Police.

C'était Marella qui avait répondu et Marcel, pieds nus, en pyjama fripé, se traîna jusqu'à la porte qu'il entrouvrit.

— Tiens ! Vous êtes là aussi, vous ! grommela-t-il en découvrant Maigret. Enfin, puisque le commissaire Marella est avec vous...

Il alla ouvrir les rideaux et alluma une cigarette, changea de place un pantalon qui occupait un des fauteuils.

— Qu'est-ce que j'ai encore fait ? demanda-t-il.

— Rien de nouveau, probablement.

— Au fait, intervint Marella en s'adressant à Marcel, hier après-midi, tu es allé voir la Belle Maria. Tu ne sais donc pas qu'elle est depuis plusieurs mois avec le Grêlé ?

— Il est en taule, oui.

— Je l'ai bouclé la semaine dernière, c'est vrai, et cette fois-ci c'est sérieux, car il s'agit de trafic de drogue. Seulement, il a des copains dehors. Et toi, tu n'es pas d'ici.

— Merci du tuyau. Il y a si longtemps que je la connais. Et vous, monsieur Maigret ? Pourquoi vous êtes-vous appuyé le voyage alors que nous nous sommes vus avant-hier ?

— Peut-être pour vous ramener à Paris.

— Hein ? Vous plaisantez ?

— Il y a d'abord la question de la clé.

— Quelle clé ?

— Celle de l'appartement de la vieille. Qui

a pris l'empreinte de la serrure ? C'est un travail qu'Angèle ne serait pas capable de faire convenablement.

Marcel ne broncha pas.

— Passons ! Tu parleras en présence d'un sténographe et tu signeras le procès-verbal.

— Mais, sacrebleu, je n'ai rien à voir dans cette foutue histoire, moi ! Je vivais avec le gendarme, d'accord. En attendant de trouver mieux, je ne le cache pas, et je suis bien content d'être parti.

— Deux personnes au moins vous ont reconnu.

— D'après quoi ?

— D'après la photo qui figure dans nos dossiers, ou plutôt dans ceux de la Mondaine.

— Et quelles sont ces deux personnes ?

— Le marchand d'oiseaux du rez-de-chaussée et la locataire qui habite juste en face de la vieille. Vous l'avez même bousculée en fonçant dans l'escalier tête baissée et vous vous êtes excusé.

— Ils ont rêvé tous les deux.

— Vous portiez le complet à carreaux que vous aviez hier.

— On en vend dans tous les grands magasins. Il doit y en avoir je ne sais combien de milliers à Paris.

— Donc, vous n'aviez pas la clé. Vous avez crocheté la serrure ?

— Vous en avez pour longtemps ?

— Je n'en sais rien. Pourquoi ?

— Parce que je me ferais monter du café et des croissants.

— Faites.

Il sonna le valet de chambre et passa sa commande.

— Ne vous attendez pas, quant à vous, à ce que je vous offre quoi que ce soit. Je n'ai crocheté aucune serrure et je ne sais même pas comment cela se pratique.

— Quand vous a-t-elle parlé du revolver ?

— Qui ?

— Vous le savez bien. Angèle. Ce n'est pas vous qui avez deviné qu'il y avait un revolver dans l'appartement de la vieille femme.

— J'ignorais même l'existence de celle-ci.

— C'est faux. Angèle a admis elle-même, et c'est consigné dans le procès-verbal, qu'elle vous a montré les fenêtres de sa tante en vous disant qu'elle en hériterait un jour.

— Vous le croyez ? Vous ne savez pas qu'elle ment comme on respire ?

— Et vous ?

— Je vous dis la vérité. Je ne peux pas me permettre de me faire prendre en défaut parce que la police garde l'œil sur moi. La preuve, cette photo que vous avez trouvée à la Mondaine et dont je ne me souviens même pas.

Le garçon apportait le café et les croissants et une bonne odeur envahissait la chambre. Installé devant un guéridon, toujours en pyjama et pieds nus, Marcel se mettait à manger.

Marella lança un coup d'œil à Maigret comme pour lui demander la permission d'intervenir.

— Qu'est-ce que tu as raconté à Bob ?

— Quand je suis arrivé, avant-hier soir ? Il

m'a donné de ses nouvelles et je lui ai donné des miennes. C'est un vieux copain et il y a des éternités qu'on ne s'était vus.

— Encore quoi ?

— Je ne comprends pas.

— Lequel de vous deux a pensé à Giovanni ?

— C'est peut-être bien moi. Je l'ai connu aussi, dans le temps. J'étais encore un môme et il habitait Montmartre.

— Dans ce cas, pourquoi n'est-ce pas toi qui lui as téléphoné ?

— Pourquoi lui aurais-je téléphoné ?

— Pour prendre rendez-vous. C'est Bob qui l'a fait à ta place. Qu'est-ce que tu lui as dit de raconter ?

— Je ne sais pas ce que vous voulez dire.

— Ne fais pas l'imbécile. Tu sais très bien qu'on ne va pas sonner comme ça à la porte de Giovanni, surtout quand on n'est qu'un petit maquereau à la manque. Or, hier, tu es allé le voir et tu es resté près d'une heure avec lui.

— On a bavardé tous les deux.

— Et de quoi avez-vous bavardé ?

Le truand devenait nerveux. Il n'aimait pas la tournure que prenait l'entretien.

— Mettons que je lui demandais s'il n'avait pas de travail pour moi. Il possède plusieurs affaires, toutes régulières. Il aurait pu avoir besoin d'un homme de confiance.

— Il t'a embauché ?

— Il doit y réfléchir et il me donnera sa réponse dans quelques jours.

Marella regarda à nouveau Maigret pour lui signifier qu'il avait terminé.

— Vous avez entendu ce que mon collègue Marella vous a dit tout à l'heure. Il va donner des instructions à son bureau. Vous y passerez et vous répéterez tout ce que vous venez de nous dire. Vous attendrez que le procès-verbal soit dactylographié et vous le signerez.

» Essayez de ne rien oublier, surtout en ce qui concerne Bob et Giovanni.

— C'est nécessaire que je parle de lui ?

— Vous avez menti ?

— Non. Mais il n'aimera pas que je me sois mis à parler de lui à la police.

— Il n'y a pas moyen de faire autrement. Vous ne quittez pas Toulon jusqu'à ce qu'on vous le permette.

— Très bien. Et si je ne trouve pas de travail, vous paierez l'hôtel pour moi ?

— On t'offrira peut-être la pension dans un autre hôtel, intervint Marella. Tu y seras très bien et il y a de l'ombre.

Les deux hommes regagnèrent l'avenue.

— Je ne me suis pas trop mêlé de ce qui ne me regardait pas ? questionna Marella avec une certaine inquiétude.

— Au contraire. Tu m'as rendu grand service. Tu pourras en faire autant avec Bob.

Ils n'avaient guère que l'avenue à traverser. Le bar, qui faisait l'angle du quai et d'une rue étroite où les voitures ne passaient pas, s'intitulait l'Amiral. Sur le trottoir, il y avait quatre tables, avec des nappes à petits carreaux. Par contraste avec le soleil du dehors, que le plan d'eau rendait encore plus éblouissant, l'intérieur paraissait sombre et il y régnait une agréable fraîcheur.

Un barman au nez cassé de boxeur et aux oreilles aplaties était occupé à laver des verres. A cette heure il n'y avait pas un seul client et un garçon faisait la mise en place.

— Bonjour, commissaire. Qu'est-ce que je vous sers ?

Il s'adressait à Marella, car il ne connaissait pas Maigret.

— Vous avez du vin de Provence ? questionna celui-ci.

— Du rosé en carafe.

— Deux rosés. Ou une carafe, comme vous voudrez.

Ils étaient tous les deux détendus et il n'y avait que Bob à ne pas se sentir à son aise.

— Dis donc, Bob, tu as eu de la visite, avant-hier soir ?

— Ici, vous savez, ce n'est pas la visite qui manque.

— Je ne parle pas d'un client. Je parle de quelqu'un qui est venu de Paris tout exprès pour te voir.

— Pour me voir, moi ?

— Enfin, pour te demander un service.

— Je ne vois pas quel service je pourrais lui rendre.

— Tu le connais depuis longtemps ?

— Sept ou huit ans.

— Il est régulier ?

— Il n'a jamais fait de taule. Son casier judiciaire est vierge.

— Et le tien ?

— Pas tout à fait, vous le savez bien.

142

— Qu'est-ce qu'il voulait ?

— Il était de passage et il est venu bavarder.

— Il t'a demandé de téléphoner.

— Ah !

— Ne fais pas l'imbécile. Un de mes hommes était dans la salle et t'a vu t'enfermer dans la cabine pendant que ton copain attendait. Cela a duré longtemps. Il était nerveux. Quand tu as repris ta place et que tu lui as parlé à voix basse, il a paru soulagé.

— Il s'agit sans doute d'une de ses anciennes, Maria, qu'il est allé voir.

— Elle habite Sanary, à présent ?

— Bien sûr que non.

— Tu n'as aucun intérêt à te taire, Bob. Tu as téléphoné à Pepito Giovanni avec qui tu as travaillé dans le temps, quand il n'était pas encore rangé des voitures. Tu as obtenu qu'il reçoive ton copain Marcel. Et cela, c'est assez fortiche, car un Giovanni ne reçoit pas n'importe qui, surtout chez lui. Que lui as-tu raconté ?

— A Giovanni ? Que j'avais ici quelqu'un qui cherchait du travail.

— Non !

— Pourquoi dites-vous non ?

— Parce que tu sais fort bien que ce n'est pas vrai. D'ailleurs, Giovanni sera le premier à en rire quand je le lui raconterai.

— Je lui ai dit qu'il avait une affaire importante à lui proposer. Une affaire tout ce qu'il y a de plus régulière.

— Tu as vu l'échantillon ?

— Non.

— Tu sais de quoi il s'agit ?

— Marcel ne me l'a pas dit. Il m'a seulement dit que c'était une très, très grosse affaire. Une affaire internationale, qui intéresserait en particulier l'Amérique.

— Cela commence à aller mieux et je vais finir par te croire. Giovanni a marché ?

— Il m'a dit de lui envoyer mon copain hier à trois heures.

— C'est tout ?

— Il a recommandé qu'il n'oublie pas de prendre l'échantillon et qu'il n'amène personne avec lui.

Le vin rosé était frais et fruité. Maigret écoutait ce dialogue en souriant vaguement. Il avait toujours bien aimé Marella qui, s'il était resté à Paris, occuperait peut-être sa place Quai des Orfèvres. Mais il était mieux dans son élément à Toulon. Il était né à Nice. Il connaissait tous les mauvais garçons, toutes les filles entre Menton et Marseille.

— Tu as autre chose à lui demander, Maigret ?

Bob fronça les sourcils.

— Vous voulez dire que c'est le commissaire Maigret ?

— Exactement. Et c'est à lui que tu risques d'avoir affaire.

— Je vous demande pardon de ne pas vous avoir reconnu.

Et, comme Maigret ouvrait son portefeuille :

— Non, non. C'est sur le compte de la maison.

— Il n'en est pas question.

Il posa un billet de dix francs sur la table.

— Je suppose que vous allez vous empresser, dès que nous serons sortis, de téléphoner à Giovanni ?

— Pas si vous me demandez de ne pas le faire. Je n'ai pas envie de me mettre mal avec vous. Avec le commissaire Marella non plus, d'ailleurs.

Ils se retrouvèrent dans le soleil, parmi les marins au col bleu et au pompon rouge.

— Tu veux que nous allions voir Giovanni ? Tu ne préfères pas y aller seul ?

— Au contraire.

— Dans ce cas, passons au bureau chercher ma voiture.

Ils traversèrent La Seyne, où un navire était en démolition, puis ils aperçurent la pointe de Sanary où, tout au bout, se dressait une villa assez vaste.

— C'est sa maison. Si même Bob ne lui a pas téléphoné, Marcel l'aura fait et il nous attend. Avec lui, ce sera un peu plus dur.

6

Il vint vers eux dans l'immense salon inondé de lumière. Il portait un complet de soie crème et marchait la main tendue.

— Bonjour, Marella, dit-il à celui-ci.

Puis, feignant de découvrir seulement Maigret :

— Tiens ! monsieur Maigret ! Je n'espérais pas l'honneur de votre visite.

C'était un bel homme, d'une forte carrure, sans graisse. Il devait avoir la soixantaine mais, à première vue, il paraissait plutôt cinquante ans.

Le salon avait été aménagé avec goût, sans doute par un décorateur, et ses proportions lui donnaient un peu l'aspect d'un décor de théâtre.

— Où préférez-vous que nous nous installions : ici ou sur la terrasse ?

Il les conduisait vers celle-ci où, sous des parasols, il y avait d'excellents fauteuils.

Le maître d'hôtel en veste blanche les avait suivis et attendait, comme au garde-à-vous.

— Qu'est-ce que je vous fais servir ? Que diriez-vous d'un Tom Collins ? A cette heure-ci, c'est encore ce qu'il y a de plus rafraîchissant.

Maigret fit signe qu'il était d'accord et Marella l'imita.

— Deux Tom Collins, Georges. Pour moi, toujours la même chose.

Il était rasé de près et avait les mains soignées, les ongles manucurés. Il paraissait très à son aise.

— Vous êtes arrivé ce matin ? demanda-t-il à Maigret comme pour engager la conversation.

On voyait la mer à l'infini et un yacht à moteur se balançait dans le petit port privé.

— Je suis venu par le train de nuit.

— Ne me dites pas que c'est seulement pour me voir ?

— J'ignorais même, quand je suis arrivé à Toulon, que je viendrais chez vous.

— Je n'en suis que plus flatté.

Malgré son air bonhomme, on sentait dans son regard une certaine dureté qu'il s'efforçait en vain de cacher sous sa cordialité de surface.

— En somme, vous êtes en dehors de votre territoire, commissaire ?

— C'est exact. Mais mon ami Marella est sur le sien.

— Nous nous entendons fort bien, Marella et moi. N'est-ce pas, Marella ?

— Tant que vous ne me donnez pas l'occasion de vous mettre des bâtons dans les roues.

— Je mène une vie si calme ! Vous le savez, vous. Je sors à peine. Cette maison est devenue presque tout mon univers. Un ami de temps en temps, une jolie fille à l'occasion.

— Comptez-vous le Grand Marcel parmi vos amis ?

Il prit un air choqué.

— Ce minable qui est venu me voir hier matin ?

— Vous l'avez pourtant reçu.

— Parce que j'ai pour principe de donner à chacun sa chance. Moi aussi, dans le passé, il m'est arrivé d'avoir besoin d'un coup de main.

— Et vous le lui avez donné ?

Le maître d'hôtel revenait avec deux grands verres embués et un verre plus petit qui contenait du jus de tomate.

— Vous m'excuserez, mais je ne prends jamais de boissons alcoolisées. A votre santé.

» Je crois que vous me posiez une question ?

— Je vous demandais si vous avez pu l'aider.

— Malheureusement non. Je ne vois de place pour lui dans aucune de mes affaires.

» Voyez-vous, monsieur Maigret, je suis devenu un homme d'affaires important et il a coulé beaucoup d'eau sous le Pont-Neuf depuis que nous nous sommes rencontrés.

» Je possède douze cinémas sur la Côte, dont deux à Marseille, un à Nice, un à Antibes et trois à Cannes. Je ne parle pas de celui d'Aix-en-Provence.

» J'ai aussi un cabaret à Marseille et trois hôtels, dont un à Menton.

» Tout cela, je vous l'assure, est parfaitement régulier. Est-ce vrai, Marella ?

— C'est exact.

— J'ai aussi un restaurant à Paris, avenue de la Grande-Armée, qui est tenu par mon frère. Un restaurant très élégant, où l'on mange à la perfection et où vous êtes d'ailleurs cordialement invité.

Maigret l'observait, le visage imperturbable.

— Vous voyez que je n'ai pas place dans tout ça pour un petit maquereau sans envergure.

— Il vous a laissé l'échantillon ?

Giovanni, malgré sa maîtrise sur lui-même, marqua le coup.

— De quel échantillon parlez-vous ? Vous faites sans doute erreur sur la personne ?

— Vous avez donné rendez-vous à Marcel parce que Bob, au téléphone, vous avait parlé d'une grosse affaire, d'une affaire d'envergure internationale.

— Je ne comprends pas. C'est Bob qui vous a raconté cette histoire rocambolesque ?

— Cela devait intéresser particulièrement les Américains.

— Mais je ne fais aucune affaire avec les Américains.

— Je vais vous raconter une petite histoire, Giovanni, et j'espère que vous en tirerez profit. Il existait à Paris une vieille femme frêle et charmante qui s'est mis dans la tête que, dans son appartement, certains objets avaient été légèrement changés de place en son absence.

— Je ne vois pas ce que...

— Un instant. Cette vieille femme est venue demander la protection de la P.J. et nous l'avons d'abord considérée comme une folle. Je comptais cependant aller la voir, ne fût-ce que pour la rassurer.

— Il me semble que j'ai lu quelque chose de ce genre dans les journaux.

— Ils en ont parlé, en effet, mais en quelques lignes, sans savoir de quoi il s'agissait.

— Un cigare ?

— Merci. Je préfère ma pipe.

— Et vous, Marella ?

— Volontiers.

Il y avait une boîte de havanes sur la table et les deux hommes prirent chacun un cigare.

— Excusez-moi. Je ne voulais pas vous interrompre. Donc, vous êtes allé voir cette vieille dame.

— Je n'en suis pas encore là.

— Je vous écoute.

— Elle avait une nièce d'un certain âge qui a un goût prononcé pour les hommes plus jeunes qu'elle. Depuis près de six mois, par exemple, elle vivait avec ce Marcel que vous avez reçu hier.

Giovanni commençait à être intéressé.

— Cette vieille dame a été assassinée avant que j'aie eu l'occasion de lui rendre la visite que je lui avais promise.

— Quel genre d'assassinat ?

— Par étouffement. On lui a pressé un coussin sur le visage. A son âge, elle n'a pas dû résister longtemps.

— Je cherche le rapport que cela peut avoir avec moi.

— Je vous ai dit que le Grand Marcel était l'amant de sa nièce. Deux témoins affirment l'avoir vu chacun au moins une fois dans la maison.

— Vous le soupçonnez d'avoir fait le coup ?

— Lui ou la nièce. Cela revient à peu près au même.

— Qu'est-ce qu'ils voulaient ?

— L'échantillon.

— Vous voulez dire ?

— L'objet que Marcel est venu vous présenter.

— De quel objet s'agit-il ?

— Vous le savez mieux que moi puisque, fort probablement, il est à présent en votre possession.

— Je continue à ne pas comprendre.

— Il s'agit d'un revolver. Je vous avoue tout de suite que j'ignore ses particularités et ce qui lui donne tant d'importance.

— Je n'ai jamais eu d'arme de ma vie, vous devez le savoir. Déjà au temps lointain où je n'étais qu'un jeune truand, j'ai été interpellé souvent par la police et on n'a jamais pu m'épingler pour port d'arme prohibée.

— Je le sais.

— Dans ces conditions, je ne vois pas pourquoi j'aurais accepté un revolver qu'un maquereau de troisième zone m'aurait apporté.

— Ne craignez rien. Je ne vais pas demander à mon ami Marella de fouiller votre villa de la cave au grenier. Vous êtes trop avisé pour avoir laissé cet objet à un endroit où nous pourrions le découvrir.

— Merci du compliment. Un autre Tom Collins ?

— Un suffit, merci.

Marella n'avait jamais vu Maigret travailler d'une façon aussi feutrée. Il parlait à mi-voix, comme sans attacher d'importance à ses paroles, mais on sentait que chacune de celles-ci portait.

— Je ne m'attendais pas, en venant vous voir, à ce que vous avouiez le but de la visite du Grand Marcel. Je tenais seulement à vous avertir. Il n'a pas dû vous dire que ce revolver est intimement lié à un meurtre.

» Sans préméditation, d'ailleurs. La vieille dame, qui passe une partie de ses après-midi sur un banc des Tuileries, a dû, pour une raison ou pour une autre, rentrer plus tôt que d'habitude. Surpris, son visiteur ou sa visiteuse...

— Vous voulez dire la nièce ?

— La nièce, oui. L'un ou l'autre a saisi un coussin sur le canapé et l'a appuyé aussi longtemps qu'il l'a fallu sur le visage de la vieille dame.

» Vous vous rendez compte, maintenant, que cette affaire « internationale » ne correspond pas avec vos activités actuelles, je veux dire avec vos cinémas, vos hôtels, vos restaurants, etc.

Maigret se tut et le regarda tranquillement. Giovanni était un peu mal à l'aise mais il parvenait à ne pas trop le laisser voir.

— Je vous remercie de m'avoir prévenu. Si ce garçon revient, il sera aussitôt mis à la porte.

— Il ne reviendra pas avant que vous ne lui fassiez signe et, ce signe, je sais que vous ne le ferez pas.

— Vous étiez au courant, Marella ?

— Depuis hier.

— Vous avez dit à votre collègue Maigret que je suis devenu un homme d'affaires important et que je suis au mieux avec toutes les autorités de la région, y compris avec le préfet ?

— Je le lui ai dit.

— Il ne me reste donc qu'à vous répéter que je ne suis pour rien dans cette affaire.

Maigret se leva en soupirant.

— Merci pour le Tom Collins.

Marella se leva à son tour et Giovanni marcha avec eux à travers le salon jusqu'au large perron de marbre.

— Je vous reverrai toujours avec plaisir, messieurs.

Ils remontèrent en voiture.

— Ne va pas trop loin, dit Maigret à Marella alors qu'ils sortaient de la propriété. Il doit bien y avoir un caboulot d'où on peut voir le port de la villa ?

Ils ne sortirent pas de Sanary et s'arrêtèrent devant un bistrot peint en bleu devant lequel quatre hommes jouaient aux boules.

— Qu'est-ce que tu prends ?

— Un verre de rosé. Le Tom Collins m'a laissé un goût désagréable à la bouche.

— Je n'ai pas bien compris ton attitude, murmurait Marella. Tu n'as pas insisté. Tu as eu l'air de croire ce qu'il te disait.

154

— D'abord, ce n'est pas un homme qui aurait parlé.

— C'est vrai.

— Qu'est-ce que j'ai contre lui ? Qu'il a reçu un petit truand à la suite du coup de téléphone de Bob le barman. Je ne sais même pas comment est fait ce revolver.

— Il existe vraiment ?

— Il existe, oui. C'est en le cherchant que les visiteurs de la vieille ont légèrement changé les objets de place.

» Nous vois-tu, même avec tous tes hommes, perquisitionner dans une grande baraque comme celle-là ? Tu crois que Giovanni s'est contenté de glisser l'arme dans sa table de chevet ?

» Nous allons bien voir si j'ai raison.

Ils le virent un quart d'heure plus tard. Un homme en casquette de marin descendit jusqu'au petit yacht dont le moteur ne tarda pas à ronfler.

Quelques instants après, Giovanni descendait les marches qui conduisaient au port et s'installait à bord.

— C'est trop chaud pour lui, tu comprends ? Il a hâte de s'en débarrasser. De toute façon, l'affaire est fichuc.

Le yacht quittait le port et, soulevant une gerbe d'eau, se dirigeait vers le large.

— Dans quelques minutes, le revolver sera par je ne sais combien de mètres de fond. Il n'y a aucune chance qu'on le retrouve.

— Je comprends.

— En somme, pour ce qui est de Toulon, j'ai fini.

— J'espère que tu dînes à la maison ? Nous avons, depuis la dernière fois que tu es venu, aménagé une chambre d'amis.

— Je rentre par le train de nuit.

— C'est nécessaire ?

— Plus ou moins. Demain, j'aurai encore une journée assez chargée.

— La nièce ?

— Entre autres. Continue à faire surveiller le Grand Marcel. Il ne serait pas mauvais non plus de garder un œil sur le nommé Bob, qui me paraît bien influent pour un simple barman. Tu crois vraiment que Giovanni est devenu régulier ?

— Il y a des années que j'essaie de le coincer. Ces gens-là, même quand ils se rachètent une conduite, gardent toujours un contact discret avec le Milieu. Tu viens d'en avoir la preuve.

Le yacht blanc, qui avait décrit une large courbe en mer, revenait déjà vers le port.

— Il doit se sentir mieux, maintenant qu'il s'est débarrassé de son fameux « échantillon ».

— Qu'est-ce que tu vas faire jusqu'au départ du train ?

— J'aimerais rencontrer le Grand Marcel. Tu crois que c'est chez Maria que j'ai des chances de le toucher ?

— Cela m'étonnerait. Après ce qu'on lui a dit de ses amours, il se méfie. C'est un faux dur, qui ne tient pas à courir des risques.

— Et l'Amiral ?

— Il est probable qu'il y passera.

Quand ils s'y rendirent, il était cinq heures

de l'après-midi et c'était à nouveau l'heure creuse. Bob n'était pas derrière son bar mais assis devant un guéridon, face au Grand Marcel.

Celui-ci ne put s'empêcher de s'exclamer en regardant les policiers :

— Encore !

— Mais oui : encore. Vous nous servirez une carafe de rosé, Bob.

— Combien de fois faudra-t-il que je vous dise que je n'ai pas tué la vieille ?

— Nous, on veut bien. Tu n'en es pas moins allé quai de la Mégisserie.

Maigret s'était mis à le tutoyer, l'air bonhomme.

— J'attends toujours que vous le prouviez. Et aussi que vous me disiez ce que j'aurais été y faire.

— L'échantillon.

— Je ne comprends pas.

— Quelqu'un de plus fort que toi, tout à l'heure, ne comprenait pas non plus. Et pourtant, celui-là a fait ses preuves.

— Vous êtes allés chez Giovanni ?

Marcel était devenu pâle. Bob revenait vers le guéridon avec les verres et la carafe.

— Qu'est-ce qu'il vous a dit ?

— Une affaire internationale, hein ? Et qui est susceptible, en particulier, d'intéresser les Américains.

— Je ne sais même pas ce dont vous parlez.

— Cela n'a aucune importance. Je te préviens seulement qu'il est inutile de te présenter à la villa de Sanary dans l'espoir de toucher une somme plus ou moins importante.

— Vous avez vu Giovanni ? questionna Bob en reprenant sa place.

— Nous le quittons.

— Il a avoué qu'il avait reçu Marcel ?

— Et que vous lui aviez téléphoné.

Il buvait le vin de Provence à petites gorgées gourmandes. Dans deux heures, le train l'emmènerait vers Paris.

Maigret se tournait à nouveau vers Marcel.

— Si ce n'est vraiment pas toi qui as tué la vieille, je te conseillerais de dire toute la vérité et de venir à Paris avec moi.

Les longues mains de l'homme étaient crispées par l'énervement.

— Qu'est-ce que tu en penses, toi, Bob ?

— Moi, cela ne me regarde pas. Il m'arrive de donner un coup de main à un ami, mais c'est tout. Je ne connais rien de cette histoire.

— Pourquoi rentrerais-je à Paris ? questionna Marcel.

— Pour te faire mettre en prison.

— Mais je vous ai déjà dit...

— Je sais. Je sais. Ce n'est pas toi qui as tué la vieille dame. Si c'est la nièce qui l'a fait, tu n'en seras pas moins poursuivi pour complicité.

— Et c'est pour me faire arrêter que vous me conseillez de quitter Toulon ?

— Il est possible que ce soit moins sain pour toi par ici.

L'homme prit un air malin.

— Non, commissaire. Je ne suis pas naïf à ce point-là. Si vous avez un mandat d'arrêt, montrez-le et emmenez-moi. Vous savez bien que vous ne pouvez pas le faire, parce que

158

vous n'avez pas de preuves, en dehors de vos deux témoins à la noix qui ont vu passer un complet à carreaux.

— Comme tu voudras.

— C'est bien la peine de se tenir peinard pendant des années !

— Il aurait mieux valu continuer.

Ce fut Marella, cette fois, qui paya les consommations. Puis il regarda l'heure à sa montre.

— Tu as le temps de venir dire bonjour à ma femme. Tu verras aussi ma nouvelle maison.

C'était en dehors de la ville, sur la hauteur. La villa n'était pas grande mais elle était très gaie et elle avait un aspect accueillant.

Un garçon d'une quinzaine d'années était occupé à tondre l'herbe et sa machine bourdonnait comme une mouche monstrueuse.

— Tu connais mon fils, Alain.

— Je l'ai vu quand il n'était encore qu'un bébé.

— Le bébé a poussé, tu vois.

Ils pénétrèrent dans le salon, qui était plutôt un grand living-room. Mme Marella sortit de sa cuisine, un rouleau à pâte à la main.

— Oh ! pardon. Je ne savais pas que tu avais un invité.

Maigret l'embrassa sur les deux joues. Elle s'appelait Claudine et il ne l'avait jamais vue sans un sourire aux lèvres.

— Vous dînez avec nous, j'espère ? Je suis justement en train de préparer une tarte aux fraises.

— Il repart pour Paris par le train de nuit.

— Il y a longtemps que vous êtes arrivé, Maigret ?

— Ce matin.

— Et vous repartez déjà ?

— Grâce à votre mari, qui m'a donné un sérieux coup de main.

— Qu'est-ce que je te sers ? J'ai remarqué que tu ne crachais pas sur le vin de Provence. J'en ai à la cave qui est bien meilleur que celui de l'Amiral.

Ils passèrent près d'une heure, tous les deux, à parler de choses et d'autres. Le garçon de quinze ans, Alain, vint serrer la main du commissaire.

— Tu n'es pas au lycée ?

— Vous oubliez que nous sommes samedi ?

C'était vrai. Maigret l'avait oublié. Les événements de la semaine s'étaient enchaînés de telle sorte qu'il n'avait pas compté les jours.

— En quelle classe es-tu ?

— Troisième latine.

— Tu veux suivre la même carrière que ton père ?

— Oh ! non. On ne sait jamais à quelle heure on rentrera et, quand on se couche, on risque d'être réveillé d'une minute à l'autre par le téléphone.

Maigret était mélancolique. Il aurait aimé avoir un fils, lui aussi, même s'il ne devait pas devenir un policier.

— En route ! Je ne veux pas rater mon train.

— Je te conduis à la gare.

Quelques instants plus tard, ils s'éloi-

160

gnaient de la villa sur le perron de laquelle Claudine leur faisait du bras des gestes d'adieu.

Quand le taxi s'arrêta sur le boulevard Richard-Lenoir presque désert des dimanches matin, le claquement de la portière suffit pour que Mme Maigret se précipite vers la fenêtre ouverte.

Elle l'attendit sur le palier.

— Je croyais que tu passerais la nuit à Toulon. Pourquoi n'as-tu pas téléphoné que tu rentrais ?

— Pour te réserver la surprise.

Un fichu autour des cheveux, elle était occupée à faire le ménage.

— Pas trop fatigué ?

— Pas du tout. J'ai fort bien dormi.

— Tu veux que je te coule un bain ?

— Volontiers.

Il s'était rasé dans le train, comme il le faisait toujours avant d'arriver à Paris.

— Tu as obtenu les résultats que tu voulais ?

— Plus ou moins. A propos, Marella et Claudine t'envoient leurs amitiés. Ils ont fait construire une petite villa très coquette en dehors de la ville.

— Claudine est toujours aussi gaie ?

— Elle n'a pas changé. Il n'y a que leur fils qui est devenu un grand garçon avec une voix de basse.

— Tu es libre toute la journée ?

— Presque. Plus tard, il faudra que je sorte un moment.

161

Pendant que la baignoire se remplissait, il appela la P.J. et c'était une fois encore le brave Lucas qui était de garde.

— Rien de nouveau au Quai ?

— Rien de spécial, patron.

— Qui as-tu sous la main ?

— Il y a Neveu, Janin, Lourtie...

— Ne continue pas. Il ne m'en faut pas tant que ça. Tu vas leur dire de s'arranger pour qu'il y ait toute la journée et toute la nuit quelqu'un qui surveille la maison où habite Angèle Louette, la masseuse, rue Saint-André-des-Arts. Ils n'ont pas besoin de se cacher. Attention, elle a une voiture.

Il resta longtemps dans l'eau mousseuse tandis que sa femme lui préparait du café. Vers neuf heures et demie, il descendit et prit un taxi qu'il fit arrêter au coin de la rue Saint-André-des-Arts. C'était Janin qui était en faction et le commissaire alla lui serrer la main.

— Je monte la voir et il est possible que ce que je vais lui dire lui donne envie de disparaître.

— N'ayez pas peur. J'aurai l'œil. Nous nous sommes arrangés, Neveu et moi. Au lieu de faire de longues planques d'affilée, nous nous relaierons toutes les trois heures et, la nuit prochaine, Lourtie nous donnera un coup de main.

Maigret monta l'escalier, sonna à la porte qui s'ouvrit presque tout de suite.

Angèle Louette portait son tailleur noir et mettait son chapeau sur la tête.

— C'est encore vous ! rechigna-t-elle. Vous

162

ne pouvez pas me laisser tranquille une seule journée ?

— Vous sortiez ?

— Cela se voit, non ? Je ne mets pas de chapeau pour faire mon ménage.

— Je reviens de Toulon.

— Qu'est-ce que cela peut me faire ?

— Cela vous intéresse beaucoup, au contraire. Votre amant s'y est rendu en voiture et nous nous y sommes rencontrés.

— Nous n'avons plus rien à voir l'un avec l'autre.

— Mais si ! La preuve, c'est que c'est lui qui s'est chargé des négociations avec Giovanni.

Elle ne put s'empêcher de tressaillir.

— Elles ont raté, je vous le dis tout de suite, et votre tante est morte pour rien. Savez-vous où se trouve le revolver, à l'heure qu'il est ? Dans la Méditerranée, par je ne sais combien de dizaines ou de centaines de mètres de fond.

» Marcel ne vous a pas téléphoné pour vous mettre au courant ?

— S'il m'avait téléphoné que vous alliez venir, vous ne m'auriez pas trouvée chez moi.

— Où allez-vous maintenant ?

— A la messe, si vous voulez le savoir. Et tant pis si cela vous étonne.

— J'ai un message pour vous. Vous êtes convoquée à mon bureau demain matin à neuf heures. Je vous recommande de ne pas être en retard. Je vous recommande aussi d'emmener une petite valise avec vos objets personnels et un peu de linge, car il est possible que vous soyez retenue un certain temps.

— Cela veut dire que vous m'arrêteriez ?

— C'est dans le domaine des choses à envisager. Cela ne dépendra d'ailleurs pas de moi, mais du juge d'instruction. Encore un mot et je vous laisserai partir. Depuis déjà une heure, vous êtes sous surveillance, et vous le serez jusqu'au moment où vous entrerez demain dans mon bureau.

— Je vous hais.

— Je n'en attendais pas moins de vous.

Quand Maigret redescendit, il l'entendit qui arpentait son living-room en prononçant des phrases véhémentes.

— Tu la connais ? demanda-t-il à Janin.

— Non.

— Je vais te la montrer, car elle va descendre d'un instant à l'autre.

Elle resta encore une dizaine de minutes chez elle. Quand elle sortit et vit les deux hommes sur le trottoir d'en face, elle eut un haut-le-corps.

— Elle est facile à reconnaître, tu vois. Si elle était boxeur, elle serait dans les poids lourds.

Il rentra chez lui à pied, dans la paix ensoleillée du dimanche matin. Il se demandait ce qu'ils feraient l'après-midi. Il leur arrivait de prendre la voiture, que conduisait Mme Maigret, mais elle avait peur de tenir le volant le dimanche, surtout dans les environs de Paris.

Peu importe ce qu'ils feraient. Même quand ils se contentaient de marcher côte à côte le long des trottoirs, ils ne s'ennuyaient jamais.

— Tu arrives cinq minutes trop tard. Ton ami Marella vient de téléphoner. Il te demande de le rappeler le plus tôt possible à son numéro personnel. Il paraît qu'il te l'a donné.

Elle regardait son mari avec attention.

— Cela ne te surprend pas qu'il t'appelle un dimanche matin alors que tu l'as quitté hier soir ?

— Je m'y attendais un peu.

Il appela Toulon et quelques minutes plus tard il avait Marella au bout du fil.

— Tu as fait bon voyage ?

— Après ton vin de Provence, j'ai dormi comme un bébé.

— Je suppose que tu devines pourquoi je te téléphone ?

— Que lui est-il arrivé ?

— Ce matin, à sept heures, on l'a retiré des eaux du port.

— Coup de couteau ?

— Non. Une balle de 38 au beau milieu du front.

Il y eut un silence sur la ligne. Chacun des deux hommes suivait sa pensée.

— Tu lui rendais un fier service en lui conseillant de te suivre à Paris. Il a voulu faire le malin. Il s'est imaginé que tu lui mentais et qu'il tirerait quand même quelque chose de l'affaire.

— Je suppose que Giovanni est intouchable.

— Tu te rends compte qu'il a pris ses précautions. Je jurerais même que le tueur ne sait pas pour qui il a travaillé. Les instructions ont dû passer par un intermédiaire sûr.

— Tu as une idée ?

165

— J'en ai trop. Ils sont une bonne vingtaine sur la Côte capables d'avoir fait le coup. Il y a des chances pour qu'on soit allé chercher quelqu'un de Nice, de Cannes ou de Marseille. Et ce type-là n'est déjà plus à Toulon. Il s'est arrangé pour ne pas se faire voir.

Marella parut réfléchir.

— Remarque que nous l'agraferons un jour ou l'autre, mais ce sera peut-être dans quatre ou cinq ans, pour une tout autre affaire.

— C'est la même chose ici, bien entendu. Je te remercie de m'avoir mis au courant. Tu étais là quand on lui a vidé les poches ?

— Oui. Rien de particulier. Deux mille francs dans son portefeuille, ainsi que sa carte d'identité et son permis de conduire. La carte grise est dans le vide-poches de la voiture, qui a passé la nuit en face de l'Hôtel des Cinq Continents.

» De la menue monnaie. Une clé.

— J'aimerais que tu me la fasses parvenir.

— Elle partira tout à l'heure. J'irai la poster à la gare. Un mouchoir, des cigarettes et du chewing-gum.

— Tu as ouvert sa valise ?

— Un complet de rechange, à carreaux noirs et blancs, et du linge. Pas de papiers. Rien qu'un roman bon marché à couverture bariolée.

— Pas de carnet avec des numéros de téléphone ?

— Non. Mais il est possible que je ne sois pas passé le premier. D'après le toubib, la mort remonte aux environs de une heure du matin. Ce n'est encore qu'une estimation provisoire, car il ne procédera à l'autopsie que cet après-midi.

— Claudine ne m'en veut pas trop ?

— Pourquoi t'en voudrait-elle ?

— Parce que, à cause de moi, ta matinée du dimanche est fichue.

— Elle est dans sa cuisine. Tiens ! elle me crie de te dire le bonjour pour toi et ta femme. Quant à moi, cette affaire ne me concerne plus et je laisse à mon adjoint le soin d'une enquête de routine.

— Tu as revu Bob ?

— Non. J'espère qu'il n'aura pas le même sort. Cela m'ennuierait, car il s'est montré régulier.

— Je crois qu'il est trop nécessaire à Giovanni.

— Tu as pensé la même chose que moi. Il y a fatalement quelqu'un qui fait la liaison entre Giovanni et les truands.

— Et Bob est bien placé pour ça, n'est-ce pas ?

— Bonne journée !

— Toi aussi ! Et merci du sérieux coup de main que tu m'as donné.

Maigret raccrocha.

— C'était une mauvaise nouvelle ? questionna Mme Maigret en le voyant soucieux.

— Professionnellement, je devrais dire que c'est une excellente nouvelle. Un type a été descendu à Toulon et sa mort nous évite de le traîner devant les assises. C'est un ancien souteneur, qui vivait aux crochets d'une femme de cinquante-cinq ans. S'il ne l'a pas commis

167

lui-même, il est à tout le moins complice d'un meurtre.

— Celui de la vieille dame ?

La vieille dame au chapeau et aux gants blancs, oui. Il la revoyait, quai des Orfèvres, apparaissant soudain sur le trottoir et le regardant avec des yeux brillants d'admiration et d'espoir.

Elle était morte. A présent, le Grand Marcel était mort aussi, et l'objet que le couple avait tant cherché, le fameux revolver qui se trouvait tout bonnement dans la table de nuit, était perdu une fois pour toutes.

— Qu'est-ce que tu nous as préparé pour déjeuner ?

— De la blanquette de veau.

Ils traînèrent jusqu'à midi et demi. Maigret mit même un bon moment la radio qui, bien entendu, ne parlait pas du mort de Toulon.

— Tu as envie d'aller au cinéma ? demanda-t-elle.

— Tu ne penses pas qu'il fait trop beau pour s'enfermer dans une salle ?

— Tu as une idée ?

— Nous verrons une fois dehors.

Elle lui prit le bras, comme toujours, et ils se dirigèrent vers les quais. Ils passèrent ainsi par le quai de la Mégisserie où la boutique du marchand d'oiseaux avait ses volets clos.

— A quel étage est-ce ?

— Au premier.

— Cela va faire des heureux.

— Que veux-tu dire ?

— Les gens qui loueront l'appartement. Ils ont d'ici une des plus belles vues de Paris.

Ils continuaient leur promenade et ils ne tardèrent pas à arriver dans le jardin des Tuileries.

— Si on s'asseyait un moment ? proposa-t-il.

Il se passait ainsi une envie qu'il avait depuis la veille au soir. Il ne se souvenait pas s'être jamais assis sur un banc public. Il n'aurait pas été loin de penser qu'ils ne servaient à rien, sinon de lit aux clochards ou de refuge pour les amoureux.

Or, ils mirent un long moment avant de trouver un banc libre. Tous les autres étaient occupés, et pas seulement par de vieilles gens. Il y avait beaucoup de jeunes mamans qui surveillaient leur enfant. Un homme d'une trentaine d'années lisait un livre de biologie.

— On est bien, non ?

Des petits bateaux à voiles blanches croisaient sur l'eau limpide du bassin.

— Ne te mouille pas, Hubert. Si tu te penches ainsi, tu vas tomber à l'eau !

N'était-ce pas reposant ? La vie, vue d'ici, paraissait simple et sans histoires.

La vieille dame y venait chaque jour, quand le temps le permettait. Comme le faisait une autre vieille dame devant eux, elle devait donner des miettes de pain aux oiseaux qui se rapprochaient toujours davantage.

— C'est à cause d'elle que tu es venu ?

— Oui, avoua-t-il. Et j'avais envie, au moins une fois dans ma vie, de m'asseoir sur un banc.

Il ajouta vivement :

— Surtout avec toi.

— Tu n'as pas beaucoup de mémoire.

— Cela nous est arrivé ?

— Pendant nos fiançailles, sur un banc de la place des Vosges. C'est même là que tu m'as embrassée pour la première fois.

— Tu as raison. Je manque de mémoire. Je t'embrasserais volontiers, mais il y a vraiment trop de gens autour de nous.

— Et ce n'est plus tout à fait de notre âge, n'est-ce pas ?

Ils ne rentrèrent pas dîner. Ils allèrent manger dans un restaurant qu'ils aimaient et où ils allaient de temps en temps, place des Victoires.

— On reste sur la terrasse ?

— Je ne vous le conseille pas, intervint le maître d'hôtel. L'air ne va pas tarder à fraîchir et, le soir, c'est encore imprudent de dîner dehors.

Ils savourèrent leur ris de veau qui était délicieux, puis de minuscules côtelettes d'agneau et enfin un gâteau aux fraises.

— C'est rare, murmura Mme Maigret.

— Quoi ?

— Que tu aies une journée presque entière à me consacrer. Je parie que demain tu vas me téléphoner que tu ne rentres pas déjeuner.

— C'est possible. C'est même probable. Je vais affronter le gendarme.

— C'est ainsi que tu appelles cette pauvre femme ?

— Une pauvre femme qui a probablement tué sa tante.

— Ce n'était pas prémédité, si ?

— Non.

— Elle s'est affolée en se voyant découverte ?

— Tu vas la défendre ?

— Non, mais j'ai pensé plusieurs fois à elle.
Tu m'as dit qu'elle était laide.

— En tout cas, elle est sans charme.

— Et elle devait déjà être ainsi quand elle
était jeune ?

— Certainement.

— Puisque les hommes ne lui faisaient pas
la cour, il a bien fallu qu'elle se résigne à s'y
prendre autrement avec eux.

— Tu ferais un bon avocat.

— Cinquante-cinq ans ! C'est son âge,
m'as-tu dit ? Il est probable qu'elle considé-
rait ce Marcel comme le dernier et elle s'y
raccrochait avec toute son énergie.

— Elle s'y raccroche encore, car elle ne sait
pas ce qui lui est arrivé.

— Tu ne crois pas qu'elle va chercher à
s'enfuir ?

— Il y a un inspecteur en permanence
devant sa porte.

— Je n'aimerais pas être à ta place, demain
matin.

— J'aimerais mieux être ailleurs, moi
aussi.

C'était son métier. Et Angèle Louette n'était
pas de celles qui inspirent la pitié.

Mme Maigret comprit le cours qu'avaient
suivi les pensées de son mari quand il murmura :

— Au fait, le fils de Marella refuse obstiné-
ment de devenir policier.

Qu'aurait-il conseillé lui-même à son fils s'il en avait eu un ?

Ils se dirigèrent bras dessus bras dessous vers le boulevard Richard-Lenoir et ils furent un long moment sans parler.

7

Quand, à neuf heures exactement, le vieux Joseph la fit entrer dans le bureau de Maigret, celui-ci la regarda différemment que les autres fois, avec une certaine gêne, peut-être parce qu'il se souvenait des paroles que sa femme avait prononcées la veille.

Il se leva même pour l'accueillir, et la petite valise qu'elle tenait à la main lui donnait un aspect presque pathétique.

Elle était pâle, mais ne l'était-elle pas toujours ? Elle était laide. Se serait-il montré aussi sévère avec elle si elle avait été une jolie femme ?

— Déposez votre valise et asseyez-vous.

Tout était déjà en place et Lapointe, au bout du bureau, était prêt à prendre l'interrogatoire en sténographie.

— Je crois qu'il est neuf heures, n'est-ce pas ? J'ai déjà raté une cliente à huit heures. J'en ai une autre en ce moment. Vous êtes en train de m'enlever mon gagne-pain.

La veille, il le savait par le rapport des inspecteurs, elle était rentrée tout de suite après la messe et elle n'était plus sortie de chez elle.

Il y avait eu de la lumière dans son appartement assez tard dans la nuit.

Personne n'était venu la voir. Elle avait passé seule toutes ces heures d'attente.

Etait-ce ce qui lui donnait cet air plus grave et comme accablé ?

Il décrocha son téléphone.

— Voulez-vous voir si le juge d'instruction Libart est arrivé ?

Il entendit la sonnerie qui retentissait dans le vide.

— Pas encore, monsieur le commissaire. Son greffier n'est pas là non plus.

— Je vous remercie.

Il alluma sa pipe et dit à Angèle Louette :

— Vous pouvez fumer.

— C'est gentil à vous. La cigarette du condamné, en somme.

— Il est temps, mademoiselle, que nous allions au fond des choses. Il est possible que je vous pose des questions que je vous ai déjà posées, mais ce sera, je l'espère, pour la dernière fois.

On aurait dit que le temps se mettait de la partie pour donner à cette confrontation une atmosphère grise et terne. Alors qu'il avait été splendide pendant les deux dernières semaines, le ciel était sombre et une pluie fine tombait sur Paris.

— Je suppose que vous admettez que votre tante a été assassinée ?

— Je ne puis pas contredire les conclusions du médecin légiste.

— Lui connaissiez-vous un ou des ennemis ?

— Non.

Elle était calme, d'un calme sourd, comme le temps. Son visage n'avait aucune expression et elle regardait tranquillement le commissaire en cachant bien ses émotions, si elle en ressentait.

On aurait dit que cette longue solitude du dimanche lui avait enlevé sa combativité.

— Et des amis ?

— Je ne lui connaissais pas d'amis non plus.

— Vous étiez la seule personne qu'elle recevait dans son appartement du quai de la Mégisserie ?

— A ma connaissance.

— Vous ne lui donniez pas rendez-vous ?

— Ma tante n'avait pas le téléphone. J'ai voulu le lui faire installer, mais elle a toujours refusé.

— Pourquoi alliez-vous la voir ?

— Parce que j'étais sa seule parente.

Elle portait toujours son tailleur noir qui lui donnait l'air d'être en deuil.

— Vous saviez quand la trouver chez elle ?

— Oui.

— Vous connaissiez son emploi du temps ?

— Il était toujours le même.

— Le matin elle faisait son marché dans le quartier. C'est bien ça ?

— C'est exact.

— Après le déjeuner, si je me souviens bien, elle somnolait un certain temps dans son fauteuil.

Elle approuvait de la tête.

— Ensuite, si le temps le permettait, elle se

rendait au jardin des Tuileries où elle s'asseyait sur un banc.

— Tout cela a été déjà dit, non ?

— J'ai mes raisons pour le répéter. Vous ne l'aimiez pas ?

— Non.

— Vous lui en vouliez toujours de ce maigre billet de cent francs qu'elle vous a donné jadis quand vous êtes allée lui demander son aide parce que vous étiez enceinte ?

— Ce sont des choses qu'on n'oublie pas.

— Mais vous alliez la voir quand même. Combien de fois par an ?

— Je n'ai jamais compté.

— Par mois ?

— Une fois. Parfois deux.

— Toujours à la même heure ?

— Presque toujours. Je finis ma journée à six heures. C'était aussi, l'été, l'heure à laquelle elle rentrait.

— Elle vous invitait à vous asseoir ?

— Je n'attendais pas qu'elle m'y invite. C'était quand même ma tante.

— Et vous étiez son unique héritière ?

— Oui.

— Vous y pensiez ?

— Je me disais que cela me faciliterait la vie dans mes vieux jours. Le métier de masseuse est plus pénible qu'on le pense et demande une certaine force physique. Dans quelques années, je serai trop âgée.

— En attendant, vous lui demandiez de l'argent ?

— De temps en temps. Dans mon métier, il y a des moments creux. L'époque des vacan-

176

ces, par exemple, quand toutes mes clientes quittent Paris, certaines pour deux ou trois mois.

— Vous vous disputiez, votre tante et vous ?

— Jamais.

— Vous ne lui reprochiez pas son avarice ?

— Non.

— Elle connaissait vos sentiments à son égard ?

— Je suppose que oui.

— Et vous saviez qu'elle ne gardait pas de grosses sommes chez elle ?

— Je le savais.

— Qui a pris les empreintes de la serrure ?

— Ce n'est pas moi.

— C'est donc votre amant ?

— Il ne me l'a jamais dit.

— Mais il vous a montré la clé qu'il avait fait faire ?

— Je n'ai jamais eu de clé.

— Et voilà déjà que vous recommencez à mentir. Vous aviez non seulement la clé de l'appartement, mais celle du cagibi de votre oncle Antoine, de l'autre côté du couloir.

Elle se tut, comme un enfant qu'on gronde et qui reste le front buté.

— J'ai une mauvaise nouvelle à vous annoncer et cela changera peut-être le sens de votre déposition. Avant-hier, j'étais à Toulon.

Elle tressaillit. Elle savait donc, comme il le pensait, que le Grand Marcel s'était rendu dans cette ville.

— Avouez d'abord que vous ne vous êtes

pas disputés et que vous ne l'avez pas mis à la porte.

— Pensez ce que vous voudrez. Je ne peux pas vous en empêcher.

— Cette dispute, parce qu'il traînait au lit, c'était une comédie jouée à mon intention.

Elle ne broncha pas.

— A Toulon, je l'ai rencontré. Vous savez, bien entendu, ce qu'il allait y faire.

— Non.

— Vous mentez encore. Il y a là-bas, à quelques kilomètres de la ville, une villa habitée par un certain Pepito Giovanni. C'est un ancien truand qui a plus ou moins acheté une conduite et qui est maintenant à la tête d'affaires importantes. Je suppose que Marcel a travaillé pour lui autrefois, mais il n'était qu'un des tout petits rouages de l'organisation.

» Marcel n'a jamais été un gangster d'envergure. C'était un gagne-petit, qui faisait en quelque sorte de la figuration.

Un éclair de colère passa dans les yeux de la femme mais elle ne protesta pas.

— Vous êtes d'accord avec moi ?

— Je n'ai rien à vous dire.

— Vous m'excusez un instant ?

Il décrocha à nouveau le téléphone et, cette fois, il eut le juge d'instruction au bout du fil.

— Ici, Maigret. Je peux monter un instant ?

— Je vous attends. Ne tardez pas trop, car j'ai un interrogatoire dans dix minutes.

Il laissa sa cliente en tête à tête avec Lapointe et franchit la porte qui communiquait avec le Palais de Justice.

178

— Comment va votre enquête ?

— Je ne veux pas trop m'avancer mais j'espère la terminer aujourd'hui. Je suis allé samedi à Toulon où un certain nombre d'événements se sont déroulés. Je vous en parlerai tout à l'heure.

» Pour le moment, j'ai besoin d'un mandat de dépôt au nom d'Angèle Louette.

— Ce n'est pas la nièce ?

— Si.

— Vous croyez que c'est elle qui a tué la vieille dame ?

— Je l'ignore encore, mais j'espère ne pas tarder à le savoir. C'est pourquoi je ne sais pas si je me servirai ou non de ce mandat.

— Vous avez entendu, Gérard ? Vous voulez remplir un formulaire ?

Quand Maigret rentra dans son bureau, on aurait pu croire que les deux personnages qui s'y trouvaient étaient en cire.

Il tendit le mandat à Angèle.

— Je suppose que vous savez ce que cela signifie et vous comprenez pourquoi je vous ai fait apporter une valise avec quelques effets et du linge de rechange.

Elle ne répondit pas, ne broncha pas.

— Avant tout, nous allons parler de Marcel. A Toulon, je l'ai rencontré dans un bar, le bar de l'Amiral, qu'il a beaucoup fréquenté quand il vivait sur la Côte. Il connaît fort bien un nommé Bob, le barman. Il vous a parlé de lui ?

Elle laissa tomber sèchement :

— Non.

Mais son attention était en éveil et elle attendait la suite avec une certaine angoisse.

— Un petit combinard comme Marcel ne va pas trouver tout de go un homme de l'importance de Giovanni. Il avait besoin d'un intermédiaire et c'est Bob qui a joué ce rôle. Ce qu'il a raconté à Giovanni, je n'en sais rien. Marcel avait quelque chose à vendre, quelque chose de très important, puisque l'ancien grand patron l'a reçu dès le lendemain matin. Vous me suivez ?

— Oui.

— Vous avez compris que je parle du revolver ?

— Je n'ai jamais vu le revolver auquel vous faites allusion, je vous l'ai dit et redit.

— Et, chaque fois, vous avez menti. Giovanni a été si intéressé qu'il a gardé l'arme. Je suis allé le voir un peu plus tard et nous avons eu une conversation fort intéressante. Je lui ai raconté entre autres l'origine du revolver et le rôle que Marcel avait joué dans la mort de votre tante.

» Voyez-vous, quand un gangster a fait fortune et qu'il s'est plus ou moins retiré des affaires, il n'aime pas se mouiller.

» Giovanni s'est rendu compte que la possession de cette arme constituait un grave danger et j'étais à peine sorti de chez lui qu'il se faisait conduire au large à bord de son yacht.

» De sorte que le fameux revolver de votre oncle se trouve maintenant à des dizaines de mètres de fond.

Maigret vida sa pipe et en bourra une autre.

— Il s'est passé d'autres événements à Toulon, après mon départ. Je ne les ai appris que par le coup de téléphone d'un collègue de là-bas, hier matin, un peu après que je vous ai quittée. Mais redites-moi donc qu'il n'y avait plus rien entre ce Marcel et vous et que vous l'aviez mis définitivement à la porte.

— J'attends de savoir ce qui s'est passé.

— Marcel lui-même était un peu compromettant. Comme on dit dans le Milieu, il n'y a que les morts qui ne parlent pas.

— Il est mort ?

Elle s'était figée, tout à coup, et sa voix avait changé.

— Cela ne vous concerne plus, n'est-ce pas ?

— Que s'est-il passé au juste ?

— Au cours de la nuit, il a reçu une balle en plein front. De calibre 38, que n'utilisent guère que les professionnels. On l'a trouvé hier matin qui flottait dans la vieille darse.

— C'est un piège que vous me tendez ?

— Non.

— Vous le jurez sur la tête de votre femme ?

— Je le jure.

Alors, des larmes roulèrent sur ses joues et elle ouvrit son sac pour y prendre un mouchoir.

8

Il alla se camper devant la fenêtre pour lui donner le temps de reprendre possession d'elle-même. La pluie tombait toujours, légère, et on voyait des parapluies luisants le long des trottoirs.

Il l'entendit qui se mouchait et, quand il reprit sa place, elle se mettait un peu de rouge sur les joues.

— Comme vous le voyez, toute l'affaire a foiré et votre tante a été tuée pour rien.

Elle reniflait encore et c'est d'une main tremblante qu'elle prit une cigarette et l'alluma.

— Il reste à savoir qui, de Marcel ou de vous, a étouffé la vieille dame.

Contrairement à ce qu'il aurait pu croire, elle ne répondit pas tout de suite. N'avait-elle pas beau jeu de se défendre, maintenant que son amant n'était plus là ?

— En ce qui le concerne, bien entendu, les poursuites judiciaires sont closes. Ce n'est pas votre cas.

— Pourquoi me détestez-vous ?

— Je ne vous déteste pas. Je fais aussi humainement que possible ce que j'ai à faire.

Il se trouve que, depuis le premier jour, vous m'avez menti. Comment voulez-vous, dans ces conditions, que je prenne une autre attitude ?

— Vous saviez bien que je l'aimais.

— Je sais même que vous l'aimez encore, même mort.

— C'est vrai.

— Pourquoi avez-vous feint cette dispute et cette rupture ?

— C'est une idée à lui. Il espérait vous dérouter.

— Vous saviez ce qu'il allait faire à Toulon ?

Elle le regarda en face et, pour la première fois, elle ne chercha pas à mentir ni à s'esquiver.

— Oui.

— Depuis quand connaissez-vous l'existence de ce revolver ?

— Depuis treize ou quatorze ans. Nous nous entendions bien, mon oncle Antoine et moi. C'était un brave homme, assez solitaire. Il n'avait pas trouvé chez ma tante, je crois, la compagne dont il avait rêvé. Alors, il était le plus souvent enfermé dans son cagibi.

— Où vous alliez le rejoindre ?

— Assez souvent. Sa seule passion était le bricolage et, chaque année ou presque, il envoyait une de ses inventions au concours Lépine.

— C'est ainsi que vous avez connu le revolver ?

— Pendant près de deux ans, je l'ai vu travailler dessus.

» — Il y a un problème que je n'ai pas encore résolu, me confiait-il. Si j'y arrive un jour, cela fera du bruit.

» Puis il s'est mis à rire.

» — Quand je parle de faire du bruit, c'est tout le contraire. Tu sais ce que c'est un silencieux ?

» — J'ai vu cela au cinéma et à la télévision. Un petit objet que l'on place au bout du canon d'un pistolet pour qu'on n'entende pas la détonation.

» — C'est à peu près ça. Bien entendu, on n'en trouve pas dans le commerce, car c'est interdit. Suppose maintenant que le silencieux soit supprimé, qu'il fasse partie de l'arme et qu'il se trouve à l'intérieur de celle-ci ?

» Il était très excité.

» — Je touche au but. Il ne me reste qu'à mettre certains détails au point. Quand j'aurai vendu le brevet, toutes les armes, y compris celles de la police et de l'armée, seront silencieuses.

Elle se tut un long moment puis murmura :

— Il est mort quelques jours plus tard. Je ne connais rien aux armes à feu. Je n'ai plus pensé au fameux revolver.

— Quand en avez-vous parlé à Marcel ?

— Il y a environ un mois. Pas même. Trois semaines. Nous traversions le Pont-Neuf et je lui ai montré les fenêtres du quai de la Mégisserie. Je lui ai dit que c'était là que ma tante habitait et que j'en hériterais un jour.

— Pourquoi lui parler de cet héritage ?

Elle rougit, détourna la tête.

— Pour essayer de le garder.

Elle ne se faisait pas d'illusions.

— Un peu plus tard, alors que nous étions assis à une terrasse, je lui ai raconté l'histoire du revolver qui m'est revenue soudain à l'esprit. A ma grande surprise, il s'est montré passionné.

» — Depuis la mort de votre oncle, vous avez revu cette arme ?

» — Non. Je ne suis même pas retournée dans le cagibi.

» Votre tante était au courant ?

» — C'est possible qu'il lui en ait parlé, mais elle n'a pas dû y attacher plus d'importance que moi. Je lui demanderai.

» — Surtout, n'y faites même pas allusion.

» Cela vous étonne peut-être, mais nous ne nous tutoyions pas, lui et moi. Sauf à de rares moments, ajouta-t-elle, gênée.

— Est-ce que vous avez la clé de l'appartement ?

— Non.

— La même clé ouvre-t-elle ce que vous appelez le cagibi ?

— Non. Il y a une clé spéciale, mais je ne sais pas où ma tante la gardait. Probablement dans son sac.

» Il ne m'en a plus parlé pendant quelques jours. Quand je suis rentrée, un soir, il avait deux clés à la main.

» — Qu'est-ce que vous voulez faire ?

» — Trouver ce revolver.

» — Pourquoi ?

» — Parce qu'il vaut une fortune. Quand vous saurez que votre tante n'est pas là et

186

qu'elle ne va pas rentrer, vous irez fouiller l'appartement et le cagibi.

» — Mais puisque j'hériterai quand même de tout ce qu'elle possède ?

» — Ces femmes-là, ça a la vie chevillée au corps. Vous devrez peut-être attendre dix ans, à masser toutes ces femmes sur le retour.

Elle regarda Maigret et soupira.

— Vous comprenez, à présent ? Je n'ai pas accepté tout de suite. Mais je ne voulais pas le perdre et il revenait sans cesse à la charge. En fin de compte, j'ai pris les clés, un après-midi. J'avais vu ma tante se diriger vers les Tuileries et je savais qu'elle ne rentrerait pas avant six heures.

» J'ai commencé par l'appartement. J'ai tout fouillé, en ayant soin de remettre les choses en place.

— Pas assez soigneusement, puisqu'elle s'en est aperçue.

— Deux jours plus tard, c'est le cagibi que j'ai fouillé. En tout, je suis allée quatre fois quai de la Mégisserie.

— Et Marcel ?

— Une seule fois.

— Quand ?

Elle détourna encore la tête.

— L'après-midi où ma tante est morte.

— Qu'est-ce qu'il vous a dit en rentrant ?

— Je n'étais pas chez moi. J'étais chez une cliente depuis cinq heures et demie. Un rendez-vous qui avait été retardé. Il s'agit d'une personne que je masse depuis près de vingt ans, Mme de La Roche, 61 boulevard Saint-Germain.

— A quelle heure êtes-vous rentrée ?

— A sept heures. Elle m'a retenue, comme toujours, par ses bavardages.

— Pourquoi ne m'avez-vous pas dit que vous aviez un alibi ?

— Parce que cela aurait été accuser Marcel.

— Vous avez préféré être suspecte ?

— Tant que vous hésitiez entre nous deux...

— L'arme s'est bien trouvée au-dessus de cette garde-robe ?

— Oui.

— Et votre amant l'a découverte dans le tiroir de la table de nuit ?

— Oui. C'est bien la dernière place où je l'aurais cherchée, car ma tante avait une peur bleue des armes à feu.

— Tu as pris note, Lapointe ? Tu peux aller taper la déposition. Avant ça, téléphone donc boulevard Saint-Germain à Mme de La Roche.

Ils restèrent en tête à tête et il éprouva le besoin de se lever et de se diriger vers la fenêtre.

— L'action judiciaire est éteinte, grommela-t-il, en ce qui concerne Marcel, car on ne peut pas poursuivre un mort. Mais vous, vous êtes bel et bien vivante. Vous n'êtes pour rien dans la mort de la vieille femme, c'est vrai. En tout cas, nous allons le savoir.

Ce n'était plus la même femme qui se trouvait assise devant son bureau. Elle avait perdu sa raideur. Ses traits, comme son corps robuste, semblaient s'être affaissés.

Il y eut cinq bonnes minutes de silence

avant que Lapointe ne pénètre à nouveau dans le bureau.

— Cette dame confirme, se contenta-t-il d'annoncer.

— Merci. Vous vous rendez compte de la situation dans laquelle vous vous trouvez ?

— Vous m'avez fait lire le mandat de dépôt et je n'ignore pas ce que cela signifie.

— Au moment où je l'ai fait établir, j'ignorais encore si c'était vous ou Marcel qui avait étouffé votre tante.

— Maintenant, vous le savez.

— Vous n'étiez pas sur les lieux. Ce meurtre n'était pas prémédité. Vous ne pouviez donc pas savoir qu'il aurait lieu. Autrement dit, vous n'êtes pas directement complice. Ce qu'on peut vous reprocher, c'est de ne pas avoir dénoncé votre amant et d'avoir gardé chez vous l'arme qui était le produit d'un vol.

Elle gardait le visage inexpressif. On aurait dit que la vie ne l'intéressait plus, qu'elle était très loin de cette histoire, peut-être à Toulon, près de Marcel ?

Maigret alla ouvrir la porte du bureau des inspecteurs. Il s'adressa à celui qui était le plus proche. C'était le gros Torrence.

— Voulez-vous venir un instant dans mon bureau ? Vous ne le quittez pas et vous ne laissez personne le quitter avant mon retour.

— Compris, patron.

Il monta une fois de plus chez le juge d'instruction qui fit sortir momentanément un témoin qu'il était occupé à interroger.

— C'est elle ?

— Non. Elle a un alibi tout ce qu'il y a de solide.

Maigret lui raconta l'histoire aussi brièvement que possible. Cela prit quand même un certain temps.

— Il n'est pas question d'intenter des poursuites contre Giovanni, murmura-t-il enfin.

— Elles n'aboutiraient à rien.

— A voir les choses de plus près, elle n'est pas plus coupable que lui.

— Vous voulez dire... ?

Le juge se gratta la tête.

— C'est bien votre idée ? Vous la relâcheriez purement et simplement ?

Il n'avoua pas que cette idée lui venait indirectement de Mme Maigret.

— Il faudrait d'abord établir sa complicité, ce qui n'est pas facile, surtout maintenant que le revolver a disparu définitivement.

— Je comprends.

Il s'écoula encore un quart d'heure avant que Maigret redescende à la P.J., car le juge d'instruction tint à aller voir le procureur.

Cela choqua un peu le commissaire de voir Torrence assis à son bureau, dans son propre fauteuil.

— Elle n'a pas bougé, patron.

— Elle n'a rien dit ?

— Elle n'a pas ouvert la bouche. Je peux aller ?

Angèle regardait Maigret sans curiosité, comme si elle était résignée à son sort.

— Quel âge avez-vous exactement ?

— Cinquante-six ans. D'habitude, je ne le

dis pas, car certaines de mes clientes me trou-
veraient trop vieille.

— Lequel des deux appartements allez-
vous habiter, le vôtre ou celui de votre tante ?

Elle le regarda avec étonnement.

— Je n'ai pas le choix, n'est-ce pas ?

Alors, il prit le mandat de dépôt et le
déchira.

— Vous êtes libre, dit-il simplement.

Elle ne se leva pas tout de suite. On aurait
dit qu'elle avait soudain les jambes molles.
Des larmes roulèrent sur ses joues et elle ne
pensa pas à les essuyer.

— Je ne... Je ne trouve pas de mots pour...

— Les mots ne servent plus à rien maintenant. Passez cet après-midi pour signer le
procès-verbal de votre interrogatoire.

Elle se leva, hésitante, se dirigea lentement
vers la porte.

— Votre valise ! lui rappela-t-il.

— C'est vrai, j'oubliais.

Mais il y avait tant de choses qu'elle
n'oublierait pas !

Epalinges (Vaud), le 7 mai 1970.

Composition réalisée par JOUVE

Imprimé en France sur Presse Offset par

BRODARD & TAUPIN

GROUPE CPI

La Flèche (Sarthe).
N° d'imprimeur : 24853 – Dépôt légal Éditeur 49313-09/2004
Édition 04
LIBRAIRIE GÉNÉRALE FRANÇAISE – 31, rue de Fleurus – 75278 Paris cedex 06.

ISBN : 2-253-14214-X   ◈ 31/4214/8